裏切りはパリで

龍の宿敵、華の嵐

樹生かなめ

white heart

講談社X文庫

目次

イラストレーション／奈良千春《ならちはる》

裏切《うらぎ》りはパリで

龍《りゅう》の宿敵《しゅくてき》、華《はな》の嵐《あらし》

いっそのこと、さっさと死にたい。

実父が金のために息子を殺そうとした。

これが人の世だ。

赤の他人が裏切っても当然なのかもしれない。

……ならば。

どうして、眞鍋《まなべ》の虎《とら》や韋駄天《いだてん》は昇り龍を裏切らない？

どうして、損得勘定で動く参謀が昇り龍を裏切らない？

どうして、サメや激戦地を潜《くぐ》り抜《ぬ》けてきた兵隊たちは昇り龍を裏切らない？

生命保険金目当てに実父に殺されかかった後、俺は信じた相手に裏切られ続けたが、昇り龍は信じた相手に命がけで守られている。

……が、とうとう昇り龍が裏切られた。

賭《か》けは俺の勝ちだ。

けれど、負けたのは俺か？

俺はまた負けたのか？

ウラジーミルには賭けに負けたという意識がまったくないようだ。いつもの態度で交渉を持ちかけてきたから。

「俺の言うことを聞いたらイジオットに戻ってやる」

イジオットという大組織がウラジーミルを必要としている限り、解放されることはないだろう。死神と契約した冬将軍の抑止力は抜群だ。

「どうした？」

「藤堂《とうどう》、誓え」

「誓い？」

「命ある限り俺を愛し続ける、と誓え」

そんな目で俺を見るな。

そんな声で俺に愛を告げるな。

俺は内心では焦ったが、宥《なだ》めるように微笑《ほほえ》んだ。傲慢《ごうまん》なロマノフの皇太子相手に刃向かってはいけない。

仰せのままに。

「命ある限り愛し続ける」

口ならばいくらでも動かせる。

言葉だけならば与えられるのだ。

ここで誓ってウラジーミルの気がすめばそれでいい。

俺がウラジーミルの激情を受け入れたら、教会内にいたイジオットの幹部や兵隊たちは慌てるどころか安心している。

日本攻略の駒《こま》だと思われているらしく今まで表立って反対されたことはないが、ウラジーミルとの仲を認めるつもりか。

「キスしろ」

逆らわずにキスをした。

誓いのキスだと言葉に出さなくてもわかっている。

ウラジーミル、君はイジオットのボスになるしかない。

俺を愛してはいけない。

君が俺を欲しがるのは無様な過去があるからだ。

これ以上、血迷うな。

ウィーン最古の教会を血に染めなくてよかったが、俺は第二の敗戦だ……いや、何度目かわからない敗戦か。

賭けに勝っても敗北。

ウィーンで誓わされ、ロシアで敗戦処理か。

イジオット内部はどうなっているのか？

兄の影武者と俺を利用して、兄の暗殺を企てた末弟の野心は消えたようで消えていないだろう。

ウラジーミルが俺と一緒にイジオットから逃亡したことは本当に罰せられないのか？

ボスの腹心であるパーベルを信じるしかないのか？

イジオットの内情がどうであれ、元紀《もとき》の罵倒《ばとう》が聞こえても、冬将軍の故郷へ向かうしかない。

神聖な教会でウラジーミルに対し、永遠の愛を誓ってしまったから。

1

ロシアは頭では理解できない。

ロシアを代表する詩人の詩に綴《つづ》られた文言だが、藤堂和真《とうどうかずま》は身に染みて知っている。

ロシアに向かう機内、ウラジーミルの命を狙《ねら》った末弟のセルゲイはウオッカを飲みながらしつこく捲《まく》し立《た》てていた。藤堂にも理解できるように日本語だ。

「……悔しい。間違っている。僕は目の前で殺されたミハイルをウラジーミルだって報告したのに揉《も》み消《け》された。それだけじゃない。僕にウラジーミルのふりをしろ、って命令した。ママも文句を言ってくれたけど、ボスもパーベルも聞いてくれなかった。僕はウラジーミルのふりなんかしたくなかった。ウラジーミルがいなくてもいいだろう。ウラジーミルはイジオットから逃げたんだよ。裏切り者じゃないか。イジオットの掟《おきて》に従って公開処刑されるべきだろ。リューリク朝のイワン雷帝なら錫 杖《しゃくじょう》で殴り殺しているっ」

ウラジーミルは他人事《ひとごと》のように無視し、藤堂の肩を抱いたままウオッカを飲み続けた。

公開処刑、という言葉に周りの警備兵たちの顔が強張《こわば》る。低く呻《うめ》いたのは、藤堂も知っている若い男だ。

藤堂もイジオットの陰惨極まりない氷の鉄則は知っている。ロシアン・マフィアに比べたら、日本のヤクザは子供だ。

「ウラジーミル、何か言えよ。ボスの長男のくせに、愛人と一緒に逃亡したんだから公開処刑されろ。ボスとママの前で謝罪しろよ」

弟に何をどう言われても、ウラジーミルは顔色を変えず、ウオッカの瓶を空ける。世が世ならば、ウラジーミルとセルゲイはロマノフの皇子だった。

ロシア革命により、権勢を誇ったロマノフ王朝が滅び、最後の皇帝一家は惨殺されたが、傍系の皇子はしぶとく生き延びた。ロマノフ王朝の再興を願って設立された組織が、ロシアン・マフィアのイジオットだ。ソビエト連邦の苛烈《かれつ》な追及にも挫《くじ》けず、マフィアとして勢力を伸ばした。しかし、ソビエト連邦が崩壊しても、イジオットはマフィアのままだ。

「……藤堂、ウラジーミルの愛人なんだから何か言えっ」

セルゲイは無反応の兄に業を煮やし、視線を藤堂に向けた。やつあたり、という表現がしっくり馴染《なじ》む。

「俺が口を挟むことではない」

兄弟喧嘩《げんか》は兄弟同士で、と藤堂は胸底から訴えかけた。

「ウラジーミルは初めて作った愛人に夢中になって、イジオットを捨てたんだ。裏切り者がどうなるか、知らないのか？」

セルゲイはイジオット総帥の血を引く男だが、激昂《げきこう》しているだけに口が軽すぎる。そもそも、ウラジーミル暗殺を藤堂に持ちかけたのはセルゲイだ。

「セルゲイ、俺にそういう話は控えたまえ」

藤堂が呆《あき》れたように言うと、セルゲイは端整な顔を引《ひ》き攣《つ》らせた。

「よくも裏切ったな。ウラジーミルから逃げたいんじゃなかったのか？」

あの時、セルゲイからウラジーミル毒殺を持ちかけられた。藤堂は協力するふりをして、策を練ったのだ。想定外のトラブルはあったが、ウラジーミルが死亡したように見せかけ、イジオットから脱出し、ウィーンに潜伏していた。ロシア系アメリカ人と暮らしていた日々は長いようで短かったものだ。

「やめたまえ」

暗殺しようとした兄の前でその話をするのか、と藤堂は心中で戸惑ったが、ウラジーミルは冷然としている。

「何故《なぜ》、ウラジーミルを助けた？」

自由になりたがっていたくせに、とセルゲイは憤懣《ふんまん》やるかたないといった風情で空になったウオッカの瓶を放り投げた。

「酔っているのか？」

「これぐらいで酔わない。答えろ。どうして裏切った？」

ロシアの酒飲みはウオッカの一本や二本で酔ったりしない。ウラジーミルに負けず劣らず、セルゲイも酒豪だ。

「君の立場に関《かか》わる。控えたまえ」

「今さらだろ。ボスもパーベルもウラジーミルもすべて知っている……ママは知らないと思うけどね」

「そうか」

「藤堂は裏切ったんじゃなくて、始めから僕を騙《だま》す気だったのか？」

セルゲイに探るような目で問われ、藤堂は悠然と聞き返した。

「そう思うか？」

「ウラジーミルを愛しているのか？」

セルゲイが一際きつい声音で言った瞬間、ウラジーミルの氷の横顔が微《かす》かに揺れる。以前ならわからなかったかもしれないが、今ではなんとなくわかってしまう。藤堂はそんな自分に困惑したが、態度に出したりはしない。セルゲイにはやんわりと返答を拒否した。

「悪酔いするから、やめたまえ」

「答えろ。ウラジーミルを本気で愛しているから騙したのか？　ふたりで暮らしたいから騙したのか？　ふたりの愛のための罠《わな》だったのか？　ふたりはそんなに愛し合っているのか？」

セルゲイの予想だにしていなかった猛攻に、藤堂は苦笑を漏らすしかない。ふたり、というアクセントが独特だ。

「答えなければならないのか？」

「当たり前だ」

「どうして、答えなければならない？」

どのように答えても、セルゲイは満足しないだろう。ウラジーミルの反応も厄介だから、藤堂はあえて流そうとした。

「ウラジーミルの愛人はおとなしそうに見えて生意気だったんだな」

「セルゲイがこんなに直情的だと思わなかった」

「頭に血が上った。ボスもママも僕を一番愛してくれるのに、イジオットの跡取りにしてくれない。パーベルも叔父も従兄弟《いとこ》たちもほかの幹部たちもウラジーミルを推す。僕がウラジーミルに劣るとは思えないのにっ」

どのような王国であれ、組織であれ、ボス候補やキングメーカー候補は多い。イジオットにおいて、扱いやすいのは、長男ではなくすべてにつけて甘い三男坊だ。平和と安定が約束された国ならば、傀儡《かいらい》の王としてセルゲイが選ばれていただろう。外敵の脅威が無視できない今、玉座に据えたいのはウラジーミルだ。説明されなくても、藤堂には手に取るようにわかる。

「ご両親は君を溺愛《できあい》しているから、ボスにしたくないのかもしれません。ボスはイジオットで最も危険な職業です」

藤堂は優しい微笑を浮かべ、思ってもいないことを穏やかに告げた。ふっ、とウラジーミルが嘲笑《ちょうしょう》するように鼻で笑ったが無視する。

「ウラジーミルの愛人、僕を宥《なだ》めようとしているの？」

セルゲイに胡乱《うろん》な目で問われ、藤堂は軽く笑った。

「君たち兄弟が不思議でならない」

どうしてここでそんなにあけすけに、と藤堂の胸裏の呆れ具合が伝わったらしい。セルゲイは忌々しそうにウオッカを飲んでから言った。

「僕はアレクセイみたいな馬鹿《ばか》じゃない。やられる前にやらなきゃならない。やるなら、ボスとママとパーベルが生きている時だ。ウラジーミルに殺される前に手を打とうと思った……けどね……」

次期ボス最有力候補の長兄に対し、次男坊は挑んだが呆気《あっけ》なく散った。三男坊は従順な演技をしながら機会を狙っていたようだ。それなのに、今、荒々しい態度や声音、セリフにウラジーミルに対する殺意がない。ボスや腹心の意向に触れ、冬将軍と畏怖《いふ》されている長兄に屈したような気配さえある。

「今、君からウラジーミルに対する殺意がまったく感じられない」

藤堂が柔和な口調で指摘すると、セルゲイは拗《す》ねた子供のような顔をした。

「ウラジーミルの影武者をやらされて参った。これ、本当にウラジーミルが死んでも僕がウラジーミルとして一生、生きなきゃならないのか？」

たとえ、イジオットの頂点に立っても、長兄として生きていくほど自尊心は低くないようだ。甘えん坊にもロマノフ皇帝の血が確実に流れている。

「それは答えようがない」

「悔しいけれど、優秀な兄に完敗」

負けた、敵《かな》わない、と甘ったれ三男坊の真《ま》っ直《す》ぐな本心が漏れたような気がした。複雑な長男と根本的に気性が違う。

「もしかして、兄弟喧嘩が丸く収まったのでしょうか？」

「次はもっと策を練る」

お前は二度と信用しない、とセルゲイは恨み骨髄の顔で宣戦布告したが、どこか芝居がかっている。

「そうですか」

「ウラジーミルを泣かせるのは簡単だから覚悟しろ……」

セルゲイの言葉を遮るように、ウラジーミルが初めて口を挟んだ。

「藤堂に手を出したら、わかっているな？」

ウラジーミルは己の弱点を隠そうともしない。藤堂と再会するまで、なんら弱みのない冬将軍だったのに。

もっとも、セルゲイの弱点も知れ渡っている。第三皇子の最愛の相手は元侯爵家令嬢の実母だ。

「ママを殺したら許さない。ボスも僕も許さないよ」

お互いにお互いの唯一の弱点を知っている。それ故、セルゲイとウラジーミルが真正面から睨《にら》み合《あ》う。双方、甲乙つけがたいぐらいの殺気だ。

「藤堂に手を出したら許さない」

「ママに何かしたら許さない。ママはウラジーミルを産んでくれたママだ。自分が誰に産んでもらったのか忘れるな」

「産んでくれと頼んでいない」

三男坊と長男の実母に対する思いは、真冬のシベリアと真夏のアマゾンのように違う。

「ウラジーミル、子供みたいだ」

「よく言えるな」

ギリシャ彫刻の神々のように美しい兄弟たちのいがみ合いは続いた。

この兄弟はいったい、と藤堂は胸中でロマノフの兄弟に戸惑う。

いつしか、警備兵たちも楽しそうに笑っているから理解に苦しむ。恰幅《かっぷく》のいい警備兵たちがコサックダンスを踊りだしたから驚愕《きょうがく》した。いつの間にか、周囲はウオッカの空き瓶だらけだ。

ただ、べつのプライベートジェットでロシアに向かっているパーベルから連絡が入った瞬間、機内の空気が変わった。

公開処刑だ、と。


イジオットの本拠地であるネステロフ城に帰った途端、藤堂はウラジーミルや側近たちとともに裏切り者の公開処刑に立ち会うことになる。それも帝政ロシア時代の正装で。

藤堂も生誕祭で見かけた記憶があるが、裏切り者がイジオットの幹部である元伯爵家当主だったからだ。

想定外の裏切りだったらしく、主だったメンバーは一様に動揺していた。

「まさか、メンシコフ家当主がヴォロノフに内通していたとは……それでパーベルのパリ対策が頓挫《とんざ》したのか……」

腹心の部下の告発により、敵対していたロシアン・マフィアと内通していた事実は明白だという。元伯爵の元幹部は隠蔽《いんぺい》工作も失敗し、公開処刑の判決を下されたのだ。覆せる者は誰もいない。

「ボスやパーベルの信頼も厚く、取り立てられていたのに何故だ？」

「ヴォロノフのハニートラップにやられたらしい。本人は知らないうちに極秘情報を漏らしていたんだ」

「そういえば、無類の女好きだったな」

「部下の婚約者を強引に自分の愛人にして、子供を産ませていたよな？」

「今回、その強引に愛人にした若い娘も処罰の対象だ。何も知らなかったらしいが、裏切り者の身内だからな」

豪華絢爛《ごうかけんらん》なロマノフの宮殿は元伯爵の裏切り一色に染まっている。

幸か不幸か、ウラジーミルは逃亡に関し、なんの詰問も受けない。……否、公開処刑の後で何かあるのだろうか。

黄金の玉座にはイジオットのボスがいる。左右に控えている金髪碧眼《へきがん》のふたりは、ボスの同母弟と異母弟だ。

「残念だ」

パーベルも帝政ロシア時代の正装に着替え、懊悩《おうのう》に満ちた顔で溜《た》め息《いき》をついている。

セルゲイや側近たちの顔色は悪く、今にも倒れそうだ。ウラジーミルの従弟《いとこ》であるニコライもいつになく生気がない。

……それほどの大物だったのか、と藤堂は冷静に周囲を観察した。

公開処刑に立ち会う幹部の表情を見れば、イジオットにとってどれだけダメージの大きい裏切りかわかる。ロンドンやパリで進行中のミッションに関わるからだろう。イジオットは非合法なビジネスだけでなく表でも世界的な規模でビジネスを展開している。血に飢えた兵隊と優秀なビジネスマンが混在している大組織だ。

ざわっ、と空気が一変した。

琥珀《こはく》と黄水晶がふんだんに使われた大広間の中央、拘束された元幹部が引きずりだされる。残酷な拷問を受けた後だからすでに瀕死《ひんし》の状態だ。

かつてボスの側近として勇名を轟《とどろ》かせていた元伯爵家当主の姿に、公開処刑に立ち会う主要メンバーは声を漏らす。

けれども、藤堂の隣にいるウラジーミルは氷の彫刻のようだ。ボスであるウラジーミルの実父も動じていない。

……父に殺されかかった俺が驚いてはいけないのか？

それでも、問いたい。

どうして、裏切った？

あなたはロマノフの皇帝ことイジオットのボスに忠誠を誓った元伯爵ではなかったのか？

人は裏切る生き物なのか？

人は信じてはいけない生き物なのか？

実父を心から信じ、尊敬した俺が愚かだったのか？

渡世人の父親である金子《かねこ》組組長を信じ、尽くした俺が愚かだったのか？

一家心中寸前の貿易商を信じ、助けたのに、資金を根こそぎ奪われた俺が愚かだったのか？

自己破産寸前の宝石商を信じ、救ったのに、詐欺に巻き込まれた俺が愚かだったのか？

いつか裏切ると予想していながら信じたくて信じ、弓削《ゆげ》を取り立てた俺が愚かだったか？

元紀《もとき》だけは裏切らないと信じている俺は愚かなのか、と藤堂が日本にいる磊落《らいらく》な昔《むかし》馴《な》染《じ》みを胸底に思い浮かべた。

その瞬間、隣の冬将軍の眉《まゆ》が顰《ひそ》められる。

「誰のことを考えている？」

ウラジーミルに詰《なじ》るように問われ、藤堂は小声で注意した。

「やめたまえ」

どうして気づかれる、と藤堂は今さらながらに困惑する。

「桐嶋《きりしま》のことか」

俺に愛を誓ったのによくも、とスラブの美を体現している美青年の双眸《そうぼう》は雄弁に非難している。

「こんな時に……」

藤堂が目を曇らせた時、裏切り者の元幹部の耳が削《そ》ぎ落とされた。悲鳴を漏らしたのは、拘束された元幹部の関係者たちだ。

裏切り者の公開処刑には家族も立ち会わされる。妻と三人の愛人たちの髪は剃《そ》られ、丸坊主だし、それぞれ犬のように首輪をはめられている。子供たちや老いた母親は手鎖《てじょう》だ。もはや、人として扱われていない。

削ぎ落とされた左右の耳が、元幹部の母親の前に並べられた。現実を受け入れられず、固まっている。

耳の次は鼻だ。

さらに、男性器。

生きたまま皮が剥《は》がれ、削ぎ落とされた鼻や男性器とともに家族の前に並べられる。

裏切り者の生命力は強いのだろうか。

藤堂は人とはそう簡単に死ねないと知っているが、人としての外見を保っていなくても命は尽きていない。

すでに、妻子は気絶している。

氷の掟により、裏切り者の家族は処刑される。もしくは、生き地獄に堕《お》とされる。妻や娘、愛人たちはイジオットの売春組織の売春婦になり、幼い息子は奴隷工場の工員に落とされるそうだ。生涯、搾取され続ける。

凄《すさ》まじい目眩《めまい》に吐き気、藤堂は気分が悪くなった。

見ていられないが、ウラジーミルやボスは陳列されている彫刻の如《ごと》く無表情だ。セルゲイやニコライなど、ロマノフ家の血を受け継ぐ男たちは顔色を変えているが目を背けたりはしない。

右腕と右足が切り落とされても、元幹部の命の火は消えなかった。処刑人は血飛沫《ちしぶき》を浴びながら斧《おの》を振るう。

これ以上は無理だ、と藤堂はウラジーミルの広い背を軽く突いた。

「藤堂、どうした？」

「下がらせてくれ」

藤堂が小さな声で言うと、ウラジーミルは首を振った。

「俺のそばにいろ」

「見ていられない」

今までに数え切れないぐらい死の瞬間に立ち会い、生々しい返り血を浴びてきた。どんな断末魔の叫びもショパンの旋律とともに流せたのに流せない。

「裏切り者の末路だ」

「それはわかっているが」

「同情するな」

「同情はしていない」

家族や関係者には同情するが、裏切り者に同情心は抱かない。ただ、こんな残虐な処刑は直視できない。今にも気が遠くなりそうだ。

「最期まで見ろ」

「これ以上、見る必要はない」

「お前を俺から奪おうとする奴《やつ》の末路だ」

その時が来たら、ウラジーミルも公開処刑にサインするつもりだ。度を越した独占欲と激情が入り乱れている。

藤堂は言うべき言葉が見つからない。自分の気持ちに名もつけられない。だが、視線は外さなかった。

「お前を俺から奪う奴は許さない」

尊大な皇子に念を押され、藤堂はやっとのことで返事をした。

「わかっている」

「ウィーンでの誓いを忘れるな」

ウィーン最古の教会が瞼《まぶた》に浮かび、ウラジーミルの声が遠くから聞こえた。どういうわけか、霧が深い。

「……覚えている」

霧は晴れるどころかさらに深くなり、教会やウラジーミルも包み込む。濃霧を掻《か》きわけ、浮かび上がったのは眞鍋《まなべ》の龍虎《りゅうこ》だ。

もっとも、すぐに消えた。

「……おい？」

「……っ……」

……お、俺はこんなに弱かったのか。

甘いと自覚していたが、と藤堂は悲鳴を上げる魂に引《ひ》き摺《ず》られるように崩れ落ちた。

……いや、倒れる寸前、ウラジーミルに支えられる。薄れていく意識の中、自分が逞《たくま》しい腕に抱かれ、運ばれていることはわかっていた。

2

窓枠ががたついている部屋、元紀《もとき》がいつも以上の剣幕で怒鳴った。

「カズ、よう考え。ボンボンにヤクザなんて無理に決まっとうやろ。お前はヤクザの怖さを知らんーっ」

「元紀、もう決めた」

「あんな、よう聞け。金子《かねこ》組の組長も優しいのは今だけや。金子組の兵隊になった途端、本性を出すで。お前はどんな捨《す》て駒《ごま》にされると思う？」

金子組の組長に熱心にスカウトされ、俺と元紀は違う答えを出した。

「金子組の組長がそういうタイプだとは思わない」

僕の父よりマシだ、と口にしかけたがすんでのところで思《おも》い留《とど》まった。元紀の慟哭《どうこく》は見たくない。

「ドアホ。金子組の組長は命を預けられるヤクザちゃうわ。毛色の違うボンボンを利用するだけ利用して、生き地獄釜《がま》に沈めた後、無間地獄沼に叩《たた》き込《こ》むわ」

「闇《やみ》試合で元紀が傷つくのが耐えられへん」

ポツリ、と故郷《ふるさと》訛《なま》りの言葉で漏らした途端。

「ドアホーっ。これぐらい、屁《へ》でもないんやっ。こんなん、怪我《けが》のうちに入らへんわーっ」

「そんなに興奮するな。傷口が開く」

俺は元紀の反対を押し切ってヤクザになった。元紀は怒って関西に帰ったが、俺のところに戻ってきてくれると思っていた。

だから、連絡を入れなかった。

俺は元紀がいなければ死んでいた。

元紀が死ぬなと泣いたから生きている。

それなのに、どんなに待っても、元紀は俺の前に現れなかった。代わりに現れたのが、多種多様な裏切り者たち。

ウラジーミルもその中のひとり……いや、ウラジーミルは俺を裏切ってはいない。ただ、予想だにしなかったことを俺にした。

初めて会ったのは藤堂《とうどう》組の金看板を背負う前のこと。

金子組の若頭補佐としてロシアに渡った時、交渉相手のブルガーコフは敵対しているマフィアのボスの息子を誘拐し、監禁していた。痛めつけられていた学生がウラジーミル。

誰もがイジオットのボスからコンタクトがあると確信していた。

それ故、イジオットの実動部隊の襲撃が信じられなかった。何せ、誘拐されたウラジーミルを助けるどころか、ブルガーコフともども始末しようとしたから。

「ウラジーミル、ボスはご立腹です。どうしてブルガーコフ如《ごと》きに拉致《らち》され、自力で脱出もせずに監禁されているのか、と」

十七歳の学生に向けられたのは、マシンガンとボスの非情な意向。

「無能な後継者は無用だと、ボスから抹殺指令が下りました。恨まないでください。すべてはあなた自身が招いたことです」

十七歳の学生は実父に無能の烙印《らくいん》を押され、始末されそうになった。俺は実父に殺されそうになった自分を思いだした。

ウラジーミルは十七歳。

あの時の俺は十九歳。

咄嗟《とっさ》に俺は床に転がっていたマシンガンをウラジーミルに手渡した。

生まれながらに背負っていた冬将軍が目覚めた瞬間だ。

「俺を誰だと思っている？　俺が誰かよく考えてから言え」

ウラジーミルは迫力を漲《みなぎ》らせて宣言すると、イジオットのメンバーに対してマシンガンを乱射した。

少しでも躊躇《ためら》えば負ける。

あの時に初めて俺は人を殺した。

ウラジーミルの後見人を含むイジオットのメンバーやブルガーコフのメンバー、金子組の幹部や構成員も全員、死んだ。もうマシンガンを放せ、と俺は血の海の中でマシンガンを連射するウラジーミルを止めようとした。

「……ウラジーミル、もうやめたまえ」

手を伸ばした先に、ウラジーミルはいない。

ロシアであることは確かだが、ブルガーコフのアジトではなくイジオットの本拠地の一室だ。いつの間にか、天蓋《てんがい》付きの寝台に横たわっていた。ウラジーミルは十七歳の学生ではなく、各国の闇組織に恐れられるイジオットの幹部だ。

寝台の前、ウラジーミルは黒装束の男たちに向かってマシンガンを発射していた。すでに床には黒装束の男たちが三人、血塗《ちまみ》れで絶命している。隠し扉の向こう側からも銃声が響いてきた。

藤堂は公開処刑中に卒倒した自分を思いだした。その後、何があったのか、聞かなくてもわかる。どこかの誰かが侵入し、ウラジーミルの命を狙《ねら》ったのだろう。

十七歳の時と同じように、イジオットの次期ボス最有力候補は、死体に向かってマシンガンを乱射し続ける。

ギリシャ彫刻の美神のような横顔に、人としての温《ぬく》もりは感じない。隠し扉の向こう側も片づいたらしく静かになった。

「ウラジーミル、もう息絶えている」

藤堂が上体を起こしながら言うと、ウラジーミルはようやくマシンガンを手放した。

「藤堂、起きたのか」

「……狙われたのか？」

藤堂は自分が何も身につけていないことに気づいたが、あえて指摘しなかった。さりげなく確かめれば、胸の下や臍《へそ》の隣に記憶にないキスマークがある。何より、秘部の違和感が大きい。

「あぁ」

「何も問わずに殺したな？」

毎回、定められているかのように、ウラジーミルは瞬時に相手を始末する。側近たちもいっさい注意しない。

「あぁ」

「今まで何度も言っているだろう。すぐに殺すな」

処分するのはどこの誰か、確認してからでも遅くはない。交渉次第では最悪の殺し屋が最高の切り札になる。

「今までに何度も言っている。お前は甘い」

ウラジーミルは確固たる信念に基づいて動いていた。少しでも時をおけば、態勢を整えて襲いかかってくる。そんな懸念があるのかもしれない。

「俺が甘いのは認めるが、すぐに殺すな。依頼主は判明したのか？」

「無用」

「誰に狙われたのか、わからないのか？」

「知る必要はない」

俺に挑んだら成敗するだけ、と戦闘能力の高い若者はすべてを凍らせるような目で語っている。

「心当たりがありすぎるのだろう」

時代がかった仰々しい儀式とは裏腹に、イジオットの絆《きずな》が強固でないことは、すでに充分知っている。ボスの三人の息子たちの間でも殺し合いだ。長兄に負けた次兄の妻や残党の動向も不気味だった。末弟から殺意は消えたように見えたが、実母に溺愛されているから油断できない。ウィーンからの機内、ボスが愛人に産ませた息子たちも無視できない存在だと小耳に挟んだばかりだ。ボスの弟も玉座を虎視眈々《こしたんたん》と狙っている気配があるという。当然、藤堂はひとりに絞ることができない。

「お前を狙った」

俺を狙うふりをしてお前を狙った、と冬将軍は言外に匂《にお》わせている。回りの空気が凍りついた。

「俺が狙われたのなら、なおさら生け捕りにしたまえ。俺がロシアで狙われる理由は君だろう」

ターゲットが自分だったと知っても、藤堂は驚いたりはしない。ロマノフの皇太子が初めて困った愛人は台風の目だ。日本攻略の急先鋒《きゅうせんぽう》や殺し屋だとも思われている。どこの誰にどのような理由で狙われても納得してしまう。

「俺からお前を奪う者は許さない」

ウラジーミルが冷酷な迫力を漲らせた時、双頭の鷲《わし》の紋章が刻まれた扉の向こう側からマシンガンの発射音が響いてきた。

ドカーンッ、という爆破音とともに扉が破壊される。ロシア語の罵声《ばせい》と銃弾が飛び交う。

「……新手か？」

藤堂が寝台から下りようとすると、ウラジーミルに守るように抱き寄せられた。そのまま寝台に逆戻り。

「じっとしてろ」

「マクシム、イワン、皆殺しにしてはいけないーっ」

藤堂はウラジーミルの強靱《きょうじん》な胸の中で声を張り上げたが、マシンガンの発射音は続いた。ガガガガガガガガッ、と。

一分もかからなかったが、藤堂にとっては長く感じられた。

「ウラジーミル、藤堂、終わりました」

マクシムが壊れた扉の向こう側から顔を出し、藤堂にも理解できるように日本語で報告した。返り血を浴びたらしく、髪の毛からブーツまで血塗れだ。公開処刑時の正装姿のままだから陰惨さが際立つ。

「あぁ」

ウラジーミルが素っ気なく対処したので、藤堂は戸惑いながらも口を挟んだ。

「マクシム、どこの誰だ？」

「藤堂、心当たりが多すぎる」

マクシムに真顔で答えられ、藤堂は苦笑を漏らしながら言った。

「俺も心当たりが多すぎるが、S級の殺し屋や工作員であってもこの場所に忍び込めるとは思えない」

イジオットの本拠地は帝政ロシアの権勢を物語る宮殿だが、超大国の情報機関も舌を巻く警備体制を敷いているという。有能な工作員によるチームであっても、内通者がいない限り、この領域まで辿《たど》り着けないはずだ。

藤堂は故意に濁したが、マクシムはズバリと指摘した。

「藤堂は裏切り者がいると言いたいのかな？」

「内通者がいなければ、ネステロフ城の警備体制を見直したまえ」

「裏切り者はいると思う」

マクシムにあっさり言い切られ、藤堂は軽く口元を緩めた。

「……そうだな」

つい先ほど、元幹部で元伯爵の裏切りが発覚し、公開処刑されたばかりだ。歴史を紐解《ひもと》けば、ロマノフ王朝史はさまざまな形の裏切りに彩られている。親子間でも夫婦間でも裏切りの連続だ。

「公開処刑がそんなにショックでしたか？」

マクシムに躊躇いがちに問われ、藤堂は大きく頷《うなず》いた。

「残酷すぎる……で、倒れてここに運ばれたか？」

「ウラジーミルが公開処刑後の誓いもボスへの挨拶《あいさつ》もキャンセルして、藤堂を運びました」

裏切り者の公開処刑の後は、一致団結を促す儀式になるという。だからこそのロマノフ朝の正装だ。藤堂はマクシムが暗に匂わせていることを察した。

「何故《なぜ》、ウラジーミルを止めなかった？」

大切な儀式に参加せず、ウラジーミルは非難されたのだろう。ウィーン逃亡から戻った直後だからなおさらだ。

「止められません」

マクシムの整った顔に内心が滲《にじ》み、藤堂は溜《た》め息《いき》混じりに指摘した。

「止める気がなかったのか」

「ボスもパーベルもイワンもスタニスラフも止めなかった」

「君たちが止めるべきではないか？」

マクシムのみならずイワンやスタニスラフたち側近が諫《いさ》めなければならない。眞鍋《まなべ》の昇り龍本人は血気盛んな子供だが、巧妙に張り巡らされた罠《わな》に落ちそうになっても、周りの優秀な男たちが制した。特にフランス外人部隊で八面六臂《はちめんろっぴ》の働きを見せたサメの存在が大きい。

『清和《せいわ》お坊ちゃま、ここはおぢさんの意見を聞いてね。あれは絶対に裏で藤堂和真《かずま》が糸を引いている。おぢさんの処女を賭《か》けてもいいよ』

サメが茶化しながらでも諭せば、怒髪天《どはつてん》を衝《つ》いた昇り龍も渋々引いたという。あれは絶大な信頼で結ばれているからだ。

「藤堂、ウラジーミルを止められるのは藤堂だけ。その藤堂が倒れたら誰も止められない。止めても無駄。時間の無駄」

マクシムに力説され、藤堂は首を振った。

「一度、イワンやスタニスラフたちとともに、腰を据えて話し合いたまえ」

「藤堂、せっかくだからウラジーミルと仲良くお喋《しゃべ》り」

何を思ったのか不明だが、マクシムは藤堂の肩を抱いたままウオッカを飲みだしたウラジーミルを差した。そうして、一礼すると下がった。

いつの間にか、血の海に倒れていた死体は片づけられている。ただ、血の臭《にお》いは残っていた。

「ウラジーミル、気絶した俺をベッドまで運んでくれたことは感謝する」

藤堂は真っ先に気難しい皇子に感謝を捧《ささ》げた。

「あぁ」

「どうして、俺は何も着ていない？」

わかっているが、尋ねずにはいられない。藤堂のささやかな意趣返しだが、ウラジーミルは堂々と言い放った。

「脱がせた」

「君、気絶したままの俺に何をした？」

俺の身を案じて、処刑の場からここに運んだのではないのか？

何故、意識の戻らない身体《からだ》を抱く？

どこまでも自分が中心なのか、と藤堂は心底で傍若無人な皇太子に零《こぼ》した。

眞鍋の昇り龍は十歳年上の姉さん女房の身体を考慮して、だいぶ耐えているという。あちこちで用意される据《す》え膳《ぜん》を平らげていた時代を知っているだけに、俄《にわか》には信じられなかったが事実らしい。何しろ、ほかの組長たちも驚嘆するような女性も貪《むさぼ》っていた獰猛《どうもう》なオスだった。今では姉さん女房一筋の純情坊やだ。姐《あね》さんを想《おも》う一般の男たちもマークさせているから、藤堂は失笑を禁じえない。

「……おい、俺といるのに誰のことを考えている？」

どうして気づく、というのはもはや愚問かもしれない。独占欲の権化のアンテナは傑出している。

「君のことを考えている」

「誤魔化すな。誰を想った？」

「ウラジーミル、話を逸《そ》らすな。俺の質問に答えたまえ」

藤堂は宥《なだ》めるようにシャープな頰《ほお》を撫《な》で、話を戻そうとした。眞鍋関係の話を交わしたくない。

「お前は拒まなかった」

ウラジーミルにはウラジーミルの言い分があるらしく、面白くなさそうにウオッカを瓶のまま呷《あお》った。

「意識がなければ、拒むこともできない」

「あれぐらいでお前が倒れるとは思わなかった」

ウラジーミルが淡々と言うや否や、隠し扉から側近のスタニスラフがノックとともに恭しく現れた。いかにもといった神経質そうな美青年だ。

「ウラジーミルの愛人は蛇酒を見て失神した。今さらでしょう」

スタニスラフの中で、藤堂は弱々しい愛人なのかもしれない。公開処刑で卒倒しても当然だと納得しているようだ。

「スタニスラフ、どうした？」

ウラジーミルが初めての愛人とウオッカを手放さずに聞くと、スタニスラフは強張《こわば》った声で報告した。

「先ほどのチームの中にボスの兵隊をひとり、確認しました」

黒装束の侵入者たちを尋問もせずに殺害したが、死体はきちんと調べた。イジオットの皇帝付の兵隊が混じっていたという。

藤堂はすんなりと受け入れたが、ウラジーミルは冷たい闘志を剝《む》きだしにした。

「ボスの攻撃か？」

「そう思うのが妥当だと思います」

「ボスが藤堂を殺す目的は？」

ウラジーミルは自分が狙われたのではないと実感している。初めて囲った愛人が狙われた理由も察しているはずだ。

「ウラジーミル自身、一番ご存じでしょう」

スタニスラフの繊細な美貌《びぼう》に落ちる陰が深い。ほかの側近たちは言及しなかったが、イジオットから姿を消したウラジーミルに複雑な思いを募らせているのだろう。逃亡理由が初めて囲った愛人だと恨んでいるかもしれない。

マクシムやイワンたちが一言も触れなかったから、藤堂は心に引っかかってはいた。

「くだらない」

「ボス相手に報復はできない。極秘に処理します」

スタニスラフは悲痛な面持ちで言い切ったが、ウラジーミルは背後に冬将軍を浮かび上がらせた。

「スタニスラフ、ボスの寝室にナパーム弾……」

ウラジーミルの言葉を遮るように、藤堂は慌てて口を挟んだ。

「ウラジーミル、スタニスラフにすべて任せよう。極秘にすべて処理したまえ」

イジオットのトップへの報復は、裏切り行為に等しい。皇帝と皇太子では戦う前から勝敗は決まっている。

「ボスであれ、お前を狙うことは許せない」

高い自尊心が刺激されたらしく、背後の冬将軍が激憤している。呼応するように、窓の外では吹雪だ。

「ボス……父上から見れば、俺が大事な跡取り息子を家出させた張本人だ。殺し屋チームも送りたくなるだろう」

状況は違うが、歴史が繰り返されただけなのだろうか。

栄華と闇が交錯するロマノフ家では、父親に追い詰められた挙げ句、愛人とともにロシアから逃亡した長男がいた。帝政ロシアの礎を築いたピョートル大帝の皇太子である。藤堂とウラジーミルと同じように、逃亡先はハプスブルグ家が君臨するウィーンだった。皇太子は亡くなった元妻の実兄である神聖ローマ帝国の皇帝を頼ったのだ。潜伏中のナポリで捕縛され、ロシアで軍法会議にかけられ、国家反逆罪で死刑判決を受け、拷問までされた。すべて実父であるピョートル大帝の意向だ。死刑の前に獄死したが、哀れな元皇太子の死の真相は未《いま》だに謎《なぞ》に包まれている。

本来、ウラジーミルが尋問され、会議にかけられ、死刑判決を受けていたかもしれない。藤堂は裁判も受けられず、拷問の末、極刑だっただろう。

「……家出？」

ウラジーミルには受け入れがたい形容らしく、眉間《みけん》の皺《しわ》がますます深くなった。

「第一、本気だったとは思えない」

ロマノフの皇帝に本気で狙われたら、今、藤堂は地獄の門を潜《くぐ》っていたはずだ。おそらく、ウラジーミルに対する威嚇だろう。

「許せない」

「これぐらいですんでよかった」

「本気でそう思うのか？」

ウラジーミルに鼻で笑われ、藤堂も伏し目がちに頷いた。

「イジオットという組織が甘くないと知っている」

何かあるとは思っていた。元幹部の公開処刑がなければ、帰城した時点で何かがあったはずだ。十中八九、本番はこれからだろう。イジオットがウラジーミルを必要としている以上、搦《から》め手《て》で矯正にかかるのかもしれない。

「ボスやパーベルの呼びだしに応じるな」

ウラジーミルの懸念は、藤堂にもいやというぐらいわかる。今回の件でなんらかの危機感を抱いたはずだ。

「わかっている」

「パーベルの息子も無視しろ」

パーベルのふたりの息子は機知に富み、組織内でも勢力を伸ばしているという。スタニスラフの姉がパーベルの次男に嫁いだと、藤堂はロシア行きの機内で聞いた。パーベル一族はイジオットにおける一大勢力だ。

「あぁ」

「誰にも渡さない」

ウラジーミルに抱き直され、藤堂は右手で押し戻そうとした。……が、難なく封じ込められてしまう。

「……抱くつもりか？」

藤堂が感情を込めずに聞くと、ウラジーミルは低い声で答えた。

「俺のものだ」

「公開処刑で倒れた俺を抱いた後だろう？」

少し動いただけでも、秘部からウラジーミルの落とし物が漏れる。藤堂は違和感や羞《しゅう》恥心《ちしん》に耐えていた。

「足りない」

絶世の美青年は獰猛なオスだ。

「血の臭いがする」

遺体こそ転がっていないが、血の海はあちらこちらに点在している。ファブリックには血で描かれた地図が出現していた。

「それがどうした？」

「せめて部屋を替えてほしい」

ウラジーミルに抱き上げられ、藤堂は奥に続く部屋に運ばれた。血の臭いはしないが、猫脚の長椅子《ながいす》には無造作にライフルが置かれている。琥珀《こはく》が使われたテーブルにはお約束のようにウオッカの瓶だ。

天蓋付きの寝台に、藤堂は沈められた。すぐに硬い筋肉に覆われた身体が覆《おお》い被《かぶ》さってくる。

挨拶のように始めは触れるだけの口付け。

「藤堂、ウィーンの誓いを忘れるな」

ウラジーミルに耳元で囁《ささや》くように言われ、藤堂は媚《こ》びを含んだ目で応《こた》えた。

「覚えている」

「いつでも俺を想え」

藤堂は若い暴君の望む言葉を与えるしかない。神から統治権を与えられた専制君主の寵姫《ちょうき》のように。

「いつでも君を想っている」

「嘘《うそ》をつくな」

「嘘をついていると思うのか?」

「もう黙れ」

乱暴に下肢を割られ、藤堂は眉《まゆ》を顰《ひそ》めた。

「……君」

「俺のものだ」

カプッ、と左胸の突起を噛《か》まれ、藤堂は身体の力を抜いた。

「お目が高い」

一息つく間もなく、傲岸不遜《ごうがんふそん》な皇太子の相手だ。実父に対する大きな怒りが伝わってくるだけに、藤堂は身体を開くしかなかった。

「濡《ぬ》れたままだ」

長い指で敏感になっている秘部を弄《いじ》くられ、藤堂は下肢を震わせる。身体の奥から湧《わ》き上《あ》がるむず痒《がゆ》い感覚を打ち消すように舌を動かした。

「誰のせいだ？」

「俺の、だ」

満足そうな笑みに、藤堂の胸が派手に疼《うず》いた。男としての自尊心が軋《きし》み、無意識のうちに身体に力がこもる。

「嬉《うれ》しそうだな」

「もっと濡らしてやる」

ウラジーミルに男としての下心より独占欲と支配欲を感じてしまう。思わず、藤堂は身体を捻《ひね》った。

その拍子に怒張した男根に触れる。

「……君」

もうそんなになっているのか、と藤堂は早くも雄々しく滾《たぎ》るウラジーミルの分身に息を吐いた。根本的に何かが違うのは確かだ。

「お前は俺のものだ」

「わかっている」

「俺以外、見るな」

ウラジーミルに間近で凄《すご》まれ、藤堂は艶然《えんぜん》と返した。

「君以外、見ていない」

スラブ美の体現者の瞳《ひとみ》には東洋人しか映っていない。東洋人の瞳にもスラブ美の体現者しか映っていない。

「俺のこと以外、考えるな」

「わかっている」

「俺を愛せ」

「あぁ」

長い指が肉壁を掻《か》きわけ、我が物顔で侵入してくる。男としての矜持《きょうじ》が悲鳴を上げているが、どうしたって拒めない。藤堂は応じるようにウラジーミルの逞《たくま》しい背中に腕を絡ませる。白人男性とは骨格からして違うと、今さらながらに感じた。

「濡れろ」

　最奥で蠢く指と理不尽な指示に、藤堂は掠れた声で反論した。

「ウラジーミル、今までに何度も言っただろう。俺は男だから濡れない」

「そろそろ濡れろ」

　俺が命じた、何度も抱いた、そろそろ女のように濡れてもいい頃だろう、と傲慢な皇太子は長い指で語っている。根本的な何かが欠如していることは確かだ。

「無理だ」

「無理か？」

「濡れる身体がいいなら女性を抱きたまえ」

「お前以外、抱く気にならない」

ウラジーミルが憮然《ぶぜん》とした面持ちで言うや否や指を引き抜けば、藤堂の身体は寂しさに疼いた。狭い器官が開閉を繰り返していることがわかるだけに、藤堂はいたたまれない。

けれど、理性で尊大な冬将軍に身を委《ゆだ》ねる。

「俺だけとはお目が高い」

哀れな男だ、と藤堂は深淵《しんえん》で零す。

言わずもがな、ウラジーミルは望まなくても類《たぐ》い希《まれ》な美女が用意される。絶世の美男子も進呈されるようになったらしい。それでも、ウラジーミルは食指を動かさないという。

「覚悟しろ」

「お手柔らかに」

「俺でもっと濡らしてやる」

宣戦布告にも似た言葉が聞こえた瞬間、ズブリ。

「……っ」

予想していたし、初めてでもないのに、藤堂は凄絶《せいぜつ》な圧迫感に腰を引いた。若い冬将軍の肉柱は凶器だ。

「俺のものだ」

執拗《しつよう》に繰り返される言葉は不安の証《あかし》か。

「……わ、わかっているから」

ズブズブズブ、という湿った音とともに猛々《たけだけ》しい肉塊に突き進まれ、藤堂の全身が痺《しび》れる。

「誰にも渡さない」

「……あ……あぁ……」

俺の身体で孤独な魂が癒《い》やされればいい、と藤堂は心中で呟《つぶや》いたものの、戸惑ってしまう。

もっとも、どうして困惑するのか、のんびり悩む間もない。ウラジーミルの荒々しい激情に翻弄《ほんろう》され、理性を保っていることが難しい。

「藤堂、俺を感じろ」

傲慢な帝王がどこか縋《すが》っているように見えるから辛《つら》い。だが、その肉塊も動きも容赦ない。

「……っ」

これ以上、ウラジーミルの分身が大きくならないと思っていたが甘かった。秘部から全身に伝わる悦楽が信じられない。肌に走る快感も消したいが消せない。藤堂は全精力を傾け、正気を保つ。

「お前を抱いているのは俺だ」

「……わ、わかっている……」

「藤堂」

「……あっ」

ズッズズッズズーッ、という秘部から響く卑猥《ひわい》な抽出音に、藤堂の聴覚がおかしくなる。ウラジーミルの吐息も身体も分身も熱すぎる。ひとつになったふたりの身体がおかしい。

ロシアの夜は凄《すさ》まじい吹雪とともに過ぎていった。

3

翌朝、藤堂《とうどう》は怠《だる》い身体《からだ》を騙《だま》し、天蓋《てんがい》付きの寝台から下りた。ウラジーミルはイワンに急《せ》き立《た》てられ、琥珀《こはく》が贅沢《ぜいたく》に使われた広間で開催される定例会に出席するという。藤堂付だったマクシムは残った。

何事もなかったかのように、藤堂は用意されたピアノでロシア音楽を奏でる。思うように指は動かないが、それもそれで意外なくらい楽しい。マクシムだけでなくほかの兵隊や使用人たちは聞き入っている。

ただ、今の藤堂にとってピアノは現実逃避だ。

年代物の燭台《しょくだい》の下、猫脚のテーブルにロシアの焼き菓子やヴァレーニエが用意され、藤堂はマクシムとともに香りのいい紅茶を飲む。

「……藤堂ならわかってくれるよね。どうして、神回の後にあの最終回なのかな。あの最終回は僕もニコライも納得できない。あれは日本のワビサビの美学や滅びの美学じゃないよね」

マクシムはひとしきり日本の新作アニメについて熱弁をふるった後、さらに目をキラキラさせて尋ねてきた。

「……で、藤堂、ウィーンはどうでした？」

皇太子の側近からようやく尋ねられたが、想定外のムードだ。詰《なじ》っている気配は微塵《みじん》もない。

「マクシム、それはどういう意味でしょう？」

「ウラジーミルは死んだふりをして、藤堂と駆け落ちしたんだろう？」

マクシムは流暢《りゅうちょう》な日本語を話すが、時に二重人格のように言葉遣いが変わる。藤堂は間違えていると思った。

「駆け落ちの意味を言いたまえ」

「周りに愛を反対されたふたりが逃げること。愛の逃避行だよね。ウラジーミルは初恋相手と愛の逃避行をしたんだ。愛の終着駅がウィーンだった。責められない。愛は正義」

マクシムは頬《ほお》を紅潮させ、プリャーニクを握った手を振り回した。優秀な文官のイメージはまるでない。

「駆け落ちだと思われているのか？」

藤堂が確認するように聞くと、マクシムは力強く頷《うなず》いた。

「駆け落ちだ、ってニコライが泣いた。僕たちも泣いたよ。駆け落ちしなくても、藤堂とウラジーミルを祝福するのに」

ロシアでは同性愛者迫害が熾烈《しれつ》だが、ワゴンの前や壁際に並んでいる使用人たちも同意するように相槌《あいづち》を打った。

「ボスやパーベルも駆け落ちだと思っているのか？」

「ボスやパーベル……幹部たちも駆け落ちだと言っていた。ウラジーミルは初めての愛人に夢中だ。ボスも初恋相手のオリガを今でも愛しているよ。正妻狙《ねら》いの若い愛人がオリガを毒殺しようとしたけど、ボスはオリガを選んだ」

古今東西、正妻と愛人の争いは枚挙に暇《いとま》がない。ロシアの統治者の正妻は何人も暗殺されたという説があった。

「ウラジーミルがウィーンにいる時、どうしていた？」

末弟がウラジーミルの影武者をしたと聞いたが、マクシムや側近たちは知っているのか。

藤堂が何も知らないふりをして聞くと、マクシムはあっさりと答えた。

「セルゲイがウラジーミルのふりをしていた。イワンやスタニスラフが上手《うま》くフォローしたよ。僕は爆破された城の処理」

「誰が爆破したか知っているか？」

「駆け落ちするため、藤堂とウラジーミルが城を爆破したんだよね。そんなに思い詰めていたなんて知らなかった」

気づいてあげられずにごめんなさい、とマクシムは目に涙を浮かべて謝罪した。ぶわっ、と背後に可憐《かれん》な白い花が舞ったような気がしないでもない。秀麗な青年だけに絵になる。

「詫《わ》びる必要はない」

「ううん、僕もニコライもイワンもスタニスラフも……みんな、反省したんだ。こんなことなら、パリで結婚式を挙げさせてあげればよかった」

「無用」

「藤堂、痩《や》せ我慢《がまん》はサムライのお家芸だって知っているけど、痩せ我慢は駄目だ。ロシアでは無理だけど、パリなら堂々と結婚できる。任せてほしい」

マクシムは多忙な皇太子のスケジュールを調整する気だ。早急に手を打たなければ、抜き差しならない事態に陥る。

「いっさい無用」

「藤堂なら純白のマリエ……あ、白無垢《しろむく》のデビル隠し……えっと、角隠し。三三九度でお酒を飲んで、聖なる葉っぱを捧《ささ》げるんだよね」

マクシムの興奮のボルテージが上がっていく。何を妄想しているのか、伝わってくるだけに、藤堂の背筋は凍りついた。

「マクシム、落ち着きたまえ」

「ウラジーミルと藤堂が戻ってきてくれて嬉《うれ》しい」

「戻ってこないと思っていたのか？」

「ウラジーミルと藤堂がウィーンかパリで結婚式を挙げたら戻ってきてくれると信じていた。ニコライもそう言っていたし」

ウラジーミルの従弟《いとこ》であるニコライが出てくると、どうにも不可解な方向に話が進むから、藤堂は感情を込めずに注意した。

「ニコライの意見は控えたまえ」

「ニコライも幹部だよ。ニコライのパパは大幹部のアレクサンドル」

ニコライの実父はボスの弟であり、イジオットを支える大幹部だ。ボスを上回る実力者とも真《まこと》しやかに囁《ささや》かれている。何しろ、ボスより人当たりがいい。正攻法のビジネス躍進の立て役者だ。

「それは知っている。問題はボスの意向だ」

「……あ、ボスはご立腹だったらしいけど、イジオットにウラジーミルは必要だよ。それにボスはウラジーミルを非難できない」

マクシムの思わせぶりな仕草に、藤堂は怪訝《けげん》な顔で聞き返した。

「どういうことだ？」

「ボスは駆け落ちじゃなかったけれど、ボスになる前の若い頃にパーベルと一緒にパリに逃げたよ」

今度こそ、マクシムの日本語に問題があると思った。冷血を絵に描いたような帝王が、側近中の側近とイジオットから逃亡しようとしたとは思えない。

「ボスとパーベルが？」

「ボスは実のママに嫌われていたし、石頭の大幹部から表のビジネスを邪魔されたし、可《か》愛《わい》がっていた犬を殺されて爆発したんだ。パーベルは止められなくて、ボスの家出につき合ったとか」

マクシムの言葉に妙な説得力を感じ、藤堂はロマノフ家の歴史に思いを馳《は》せた。皇子の亡命は伝統芸なのかもしれない。

「……ボスの家出か」

「オリガがパリに迎えに行ったら、ボスは素直にイジオットに帰ったんだ。なんの罰も受けなかったみたいだよ」

初恋相手のオリガがパリに現れ、在りし日のボスは自分を取り戻したのだろうか。恐妻家の所以《ゆえん》か。

ひょっとしたら、パーベルが最初から何かイジオット本部で工作していたのかもしれない。そうでなければ、パーベルが同行することはないだろう。本来、パーベルは諫《いさ》める立場だ。

「それは誰もが知っている話か？」

「ボスがパリにいる時、アレクサンドルがボスの影武者をしたから、家出事件を知っているのは限られていると思う。僕はパパから聞いた」

　今回、ウラジーミルの影武者に末弟が立った。同じように遠い日、ボスの影武者に弟が立っていたというのか。

「ニコライの父が影武者か」

「そう、ボスとアレクサンドルはよく似ているでしょ」

　ウラジーミルとニコライ以上に、父親同士はよく似ている。今でも充分、影武者ができるだろう。

「あぁ、よく似ている」

「アレクサンドルは母上に溺愛《できあい》されていたのか？」

「よくわかるね。ボスは生意気だったけど、アレクサンドルはママっ子……日本語でなんていうんだったかな……ママとお風呂《ふろ》……ママとおねんね……女神はママ……なんでもママ、えっと……」

「言いたいことはわかる。……ウラジーミルとアレクセイと同じか」

　呆《あき》れを通りこして感心するぐらい歴史が繰り返されている。母親とはそんなに尊大な長男が疎ましいのか。

　ただ、藤堂も生意気盛りのウラジーミルを知っているからわからないでもない。敵対するロシアン・マフィアに監禁されていた時、あまりにも態度が悪すぎたからだ。あれでは無用な反感を買い、暴力をふるわれても仕方がない。

「アレクセイよりアレクサンドルはママにべったりだったみたい。僕のパパやパーベルが呆れていたよ」

「ボスは……」

言いかけた瞬間、藤堂は異変に気づいた。マクシムにしてもそうだ。ミシッ、という頭上から不気味な音。

「藤堂っ」

マクシムが叫んだ途端、天井から吊《つる》されていた燭台が落下した。

ガシャーン、パリンパリンパリンッ。

耳障りな破壊音が響き渡り、破片が飛び散り、ワゴンの横に立っていたメイドが腰を抜かした。壁際に並んでいた使用人たちも崩れ落ちる。

間一髪、藤堂は身を引いた。

「藤堂、大丈夫ですか？」

マクシムに泣きそうな顔で覗《のぞ》き込まれ、藤堂は泰然と微笑《ほほえ》んだ。

「無事だ」

「怪我《けが》した」

マクシムの視線の先は、藤堂の手にできた一筋の傷だ。飛び散った破片が擦《かす》ったのだろう。

「擦り傷」

「医師を呼べ……っと……」

マクシムは血相を変え、ロシア語で怒鳴った。剛健な警備兵が何人もやってきて、藤堂とマクシムを守るように囲む。それぞれ、険しい顔つきで話し合っているが、ロシア語だから藤堂には理解できない。明確に聞き取れたロシア語は『愛人』と『ウラジーミル』ぐらいだ。

そうして、続き部屋に進んだ。

藤堂は背後に立つ長身の警備兵に違和感を覚え、さりげなく距離を取ろうとした。その途端、ナイフを突き刺されそうになった。

……否、寸前で藤堂は躱《かわ》した。

「藤堂ーっ」

マクシムが気づき、隠し持っていたナイフで応戦する。射撃の腕には問題があるが、ナイフの使い手だ。

ロシア語の罵声《ばせい》が飛び交う中、凄《すさ》まじい血飛沫《ちしぶき》が飛ぶ。

ヒットマンはひとりだ。騒動自体はすぐに鎮まったが、マクシムの顔色は棺桶《かんおけ》から抜けだしてきたかのように悪い。

「藤堂、ごめんなさい」

マクシムの赤い目を目の当たりにして、藤堂は首を軽く振った。謝罪はいっさい求めない。身を呈し、守ろうとしてくれたことは明白だ。

「マクシム、ありがとう。助かりました」

「まさか、あいつが裏切るとは……」

マクシムの悔しそうな物言いから、牙《きば》を剝《む》いた警備兵への気持ちが伝わってくる。周りの警備兵も同じ表情だ。

「信用していたメンバーか？」

「ボスが目をかけていたんだ」

マクシムの目も声もどんよりと暗く、日本のアニメやマンガを語っていた時とは別人だ。おそらく、黒幕を予想したのだろう。

「ならば、ボスの指示か？」

ボスに期待されていた警備兵が、皇太子が囲っている日本人を私情で狙ったとは思えない。誰かの指示だ。

「ボスの指示だと思いたくありません」

マクシムは口惜しそうに肩を震わせ、運ばれる死体を横目で見送った。ほかの警備兵たちは一言も漏らさない。

「何故《なぜ》、殺した」

藤堂が咎《とが》めるように言うと、マクシムはあっさりと答えた。

「ボスの指示だと思ったから」

マクシムにしろ、藤堂殺害を命じたのがボスだと踏んでいる。年代物の燭台も細工していたのだろう。

「……マクシム」

藤堂が呆れたように溜《た》め息《いき》をつくと、マクシムは苦悶《くもん》に満ちた顔で唸《うな》った。

「……ううう……本気で殺す気だったとは思えないけど、ウラジーミルへの罰の代わりに藤堂に怪我をさせるつもりだったのかもしれない。ボスもウラジーミルも意地っ張りだし、プライドは高いし、ピョートル大帝ほどひどくはないけど、カッカしやすいし……わからないけれど、藤堂は必ず守るから……」

側近の言葉は要領を得ないが、その苦悩は手に取るようにわかる。藤堂自身、ウラジーミルの激しすぎる気性には呆れていた。

「ウラジーミルには隠し通すしかない」

「ピョートル大帝を蘇《よみがえ》らせるより無理」

「この件、ウラジーミルが知ったらどうすると思う？」

　天蓋付きのベッドの中、藤堂はウラジーミルの報復を止めたばかりだ。スーツの下には激憤の証《あかし》に近い無数の紅《あか》い跡が散らばっている。嚙《か》み千切られると焦った胸の飾りはシャツに擦れて痛い。

「ウラジーミルが知ったら、ボスに報復する」

　マクシムはウラジーミルに学生時代から付き従っているという。ほかのメンバーより、筋金入りの冬将軍を知っている。

「止めたまえ」

「藤堂が止めて。イワンやスタニスラフでも無理だ。ボスに戦車隊で突っ込む」

　マクシムが真っ青な顔で言い切った途端、藤堂の脳裏に戦車隊を率いる冬将軍が浮かんだ。巨大な父に引かない息子だ。

　しかし、藤堂は首を振って打ち消した。

「そこまで直情的だと思いたくない」

「ウラジーミルは藤堂のことだと違う……えっと、恋はメイドさん」

　何を言ったのか理解できず、藤堂はまじまじと端整な青年を見つめた。

「……マクシム？」

「……あ、恋はメイドさんじゃなくて、恋は男の娘《こ》……恋は猿……えっと、恋は草津《くさつ》の湯でも治らない……恋は失明……なんだっけ？」

マクシムはロシア語で言い直したが、藤堂は理解できない。ただ、なんとなく言いたいことは摑《つか》んだ。

「マクシム、隠し通せなくても誤魔化すしかないだろう。手を打ちたまえ」

「もう報告されていると思う」

マクシム自身は報告していないが、ほかのメンバーがウラジーミルに告げていると確信している。それ故、次期ボス最有力候補として光り輝いているのだ。

「報告済みならば、偽情報だったと新たな報告をすればいい」

「藤堂が狙われたのは噓《うそ》、って噓報告をするの？」

「そうだ」

「絶対にバレる」

マクシムが頭を抱えた時、イワンが藤堂を呼びにきた。これからボスとウラジーミルが食事をするという。パーベルとともに藤堂の席も用意されたそうだ。おそらく、逃亡の件についてだろう。

「藤堂、行って。ウラジーミルとボスを仲良くさせてください」

日本式のお願い、とマクシムに拝むように手を合わされてしまう。傍らのイワンに漂う悲愴感《ひそうかん》で、バロック調の花台に飾られた純白の薔薇《ばら》が枯れそうだ。

「荷が重い」

「藤堂にしかできない。このままじゃ、ボスは藤堂を狙い続ける。昔、ボスは逃亡先のパリから帰った時、先代ボスに謝罪している。ウラジーミルは一言も詫びていないし、詫びる気もない。非礼はウラジーミルなんだよ」

ボスが直《じか》にウラジーミルを狙えばイジオットが割れる。ウラジーミルの反省を促すためにも、駆け落ち相手を狙っているらしい。

「ウラジーミルが謝罪するまで、俺は狙われるか？」

藤堂が穏やかな声音で聞くと、マクシムは綺麗《きれい》な金髪を掻《か》き毟《むし》った。

「ボスのやりそうなこと」

「ウラジーミルが報復したら終わりだ」

「どうしたらいいのかわからない」

マクシムは決して無能なメンバーではない。イジオットの中でも、ウラジーミルの部下たちは傑出しているという。ただ、敵対する組織相手ならば策を練ることができても、ロマノフ皇帝と皇太子の諍《いさか》いには手も足も出ないようだ。父と子は同じ気質だが、正義が違うから厄介なのだろう。

「最善は尽くすが、期待しないでほしい」

「藤堂、信じているよ」

マクシムに二礼二拍手一礼され、藤堂は面食らってしまう。

「俺を信じてはいけない」

「もういいから早く……あ、着替えたほうがいい。スーツに血がついている」

マクシムとイワンに促され、藤堂は新しいフランス製のスーツに着替えてから主塔に向かう。荘厳な城内はロシアン・マフィアの本拠地とは思えないぐらい優雅な空気に満ちていた。金髪碧眼《へきがん》の警備兵たちから、緊張感はまったく伝わってこない。代々の皇妃の肖像画が飾られた廊下を進んでいると、開け放たれた扉の向こう側に春の女神をテーマにした広間が見えた。ハープの前で、目の覚めるような美女が子供をあやしている。

「……あ、紫色の瞳《ひとみ》の美女がボスの一番お気に入りの愛人……愛妾《あいしょう》です。そばにいるのがボスとの間に生まれた息子」

マクシムにそっと耳打ちされ、藤堂は典型的なスラブ美女に視線を留めた。ボスは愛妻家だが、五人の愛人を囲っているという。

「正妻と愛人が同じ城で暮らしているのか」

ネステロフ城がいくら広大でも、正妻と愛人が鉢合わせすることはあるだろう。問題が起こらないはずがない。

「パーベルの娘と孫だから特別です。オリガ夫人もパーベルの娘は追い出せない。パーベルの息子ふたりはお気に入りだ」

「あの愛人はパーベルの娘？」

ボスの右腕と目されている大幹部を思いだし、藤堂は艶麗《えんれい》な美女を眺めた。はっきり言って、似ても似つかない。

「パーベルはボスの愛人にしたくなかったけど、本人とボスの気持ちを尊重したと聞きました」

「パーベルの孫ならば、庶子でも有力な皇帝候補だ」

ボスの信頼が厚く、絶大な力を持つ大幹部ならば、正妻の息子を屠《ほふ》り、孫を玉座に据えられるだろう。外戚《がいせき》として実権を握る歴史は、洋の東西を問わない。何より、ウィーンの教会ではウラジーミルがパーベルを焚《た》きつけていた。

「藤堂、それはない。パーベルたちにそういう野心はないです。ロマノフに忠誠を誓った家系だ」

だからオリガも黙認している、とマクシムは小声で続けた。ボスの正妻の激しさは周知の事実だ。それ故、オリガお気に入りのパーベルの息子たちは一目置かれているという。

「パーベルに野心はないか？」

「はい。パーベルはロマノフのために生きて死ぬ、って誓っている。ボスに命を捧げたんだって」

「パーベルに裏切りはないと断言できるか？」

人は裏切る、という考えが藤堂の根底に染みついている。それ故、今も生きていられるのだ。だからこそ、ウラジーミルを裏切りたくなかった。自分自身、名前のつけられない感情に振り回されている。

「パーベルに限って裏切りはない。藤堂はびっくりすることを言うね。サムライジョークかな……あ、こっち、ここだよ」

イジオットのボスが待つ広間に進むのは藤堂だけである。マクシムとイワンは扉の前で待機だ。

双頭の鷲《わし》の紋章が刻まれた扉が鈍い音を立てて開く。

アレクサンドル一世の肖像画が飾られた広間では、皇帝と皇太子、宰相が食前酒代わりのウオッカを飲んでいた。それぞれ、フランス製のスーツだが、神から選ばれた支配者の血を感じさせるムードだ。

藤堂が挨拶《あいさつ》代わりのお辞儀をした瞬間、頑健な警備兵たちに拘束された。頭部に銃口を向けたのは、皇帝の弟であるアレクサンドルだ。

「おい、藤堂に何をする?」

ウラジーミルは叔父にあたるアレクサンドルに隠し持っていた拳銃《けんじゅう》を構える。これらはほんの一瞬の出来事だ。

藤堂は瞬きをする間もなかった。

「ウラジーミル、一言ぐらい詫びぬか」

　ボスが冷淡な口調で言うと、ウラジーミルは嘲笑《ちょうしょう》を含んだ目で聞き返した。

「ウィーン土産にモーツアルトクーゲルが欲しかったのか？」

　そうじゃないだろう、とパーベルが独り言のように零《こぼ》す。カチリ、とアレクサンドルは恫喝《どうかつ》するようにトリガーを引きかけた。

　もちろん、藤堂は動じたりはしない。アレクサンドルから殺気は感じないが、ここでトリガーを引かれたら一気に死ねる。イジオット名物の拷問もなく地獄に落ちるなら楽だろう。

「セルゲイの土産はモーツアルトクーゲルとデメルのザッハトルテだった。オリガにはイエローダイヤモンドのブローチもついていたよ」

　甘ったれの末弟は憤慨していても、父母にウィーン土産を手渡したらしい。猫可愛《ねこかわい》がりされている所以だ。

「セルゲイにもらったら、いいだろう」

「土産の話じゃない」

「あぁ」

「私の息子だという自覚はないのか？」

　ボスの声音が変わったが、ウラジーミルは不遜《ふそん》なままだ。反抗期の少年のような目で実父の過去に触れた。

「可愛がっていた犬を殺されて、パリに側近と一緒に逃げたのは誰だ？」

「逃げたわけではない。パリに新しい拠点を設立しに行った」

ボスは若い日の過ちを誤魔化そうとしたが、同行者のパーベルはこめかみを揉《も》んでいるし、アレクサンドルの渋面がひどくなった。

「そんな言い訳が通用したのか？」

「オリガに泣きながら迎えに来られて帰国した。ボスに詫びたぞ」

改心し、甘い考えを捨てた、とボスは暗に匂《にお》わせている。冷酷無比な実力主義者として、脱皮したきっかけだったのかもしれない。すなわち、ウラジーミルに心からの謝罪を求めているのだ。

「そうか」

「イジオットのトップは誰だ？」

ボスを頂点にイジオットという世界的な大組織は形成されている。帝政ロシア時代の絶対王政となんら変わらず、ウラジーミルはボスに従う立場だ。逆らえば、成敗されるだけ。

……ウラジーミル、一言でいい。

一言詫びるだけですむ。

ウィーンの件は謝罪すれば水に流す気だ。

謝罪がなければ、水に流したくても流せないのだろう。

嘘でもいいから詫びたまえ、と藤堂は心魂から全精力を傾けてウラジーミルに訴えかけた。

けれど、冬将軍は殊勝の欠片《かけら》も持ち合わせてはいない。

「そんなことを俺に言わせるほど、自信がないのか？」

「身の程を知れ」

業を煮やしたらしく、ボスは弟に向かって手を振った。愛人射殺の合図か。アレクサンドルがトリガーを引く。

……否、アレクサンドルがトリガーを引く前に銃声が鳴り響いた。

ズギューン、ズギューン、ズギューン。

瞬時にアレクサンドルはその場に伏せた。

瞬時にウラジーミルは藤堂の盾になる。

パーベルはボスの盾になり損ねた。

夥《おびただ》しい血を流したのは、イジオットの最高権力者だ。

閉じられていた隠し扉の小窓が開いている。殺し屋が隠し扉の向こう側から狙っていたのか。

パーベルとアレクサンドルが同時にロシア語で叫ぶと、紋章が刻まれた扉が鈍い音を立

てながら開き、金髪碧眼の警備兵が飛び込んでくる。そのまま血塗《ちまみ》れのボスは運ばれていった。付き添うパーベルは藤堂やウラジーミルを一顧だにしない。

アレクサンドルの指示により、隠し扉の向こう側に警備兵たちが進んだ。すでに狙撃手《そげきしゅ》はいない。それでも、まだネステロフ城から脱出していないはずだ。

これらはあっという間に始まって終わった。

「ウラジーミル、やったな」

アレクサンドルは隠し扉の前で糾弾するように言い放った。

だが、ウラジーミルはいつもと同じ目で返す。当然、藤堂が口を挟めるような状況ではない。

ロマノフ家では弟が姉を幽閉したし、夫が妻を幽閉した。父が息子を殺したし、息子が父を殺したし、妻が夫を殺した。帝政ロシアが遠くなったマフィア時代、ウラジーミルがボスを殺してもロマノフの歴史をなぞっているだけ。

アレクサンドルから下がるように指示され、藤堂はウラジーミルとともに惨劇の間から退出した。

扉の前で待機していたマクシムとイワンは、命のない銅像のように固まっている。側近たちから恐怖と絶望が発散された。言わずもがな、ボスを狙撃させたのが、ウラジーミルだと思っているのだ。

『拷問』や『四肢切断』や『公開処刑』など、廊下に並んでいた警備兵たちがロシア語で漏らした。藤堂もその恐ろしい言葉は聞き取れる。すなわち、ボスを狙った者の末路だ。

　ウラジーミルに肩を抱かれ、藤堂は壮麗な造りの廊下を歩きだす。側近たちもぎこちない足取りでついてきた。

「ウラジーミル、君か？」

　藤堂が小声で尋ねると、ウラジーミルは腹立たしそうに答えた。

「先を越された」

　俺がやりたかった、と自尊心の高い皇太子の心情が漏れてくる。

「君じゃないのか？」

　よかった、と藤堂はほっと胸を撫《な》で下《お》ろす。てっきりウラジーミルによるヒットだと思っていた。

「あぁ」

「いったい誰が？」

　イジオットと対立しているロシアン・マフィアのペトロパヴロフスクやヴォロノフ、ロシアへ進出しようとしているスペイン系マフィアやシチリア系マフィアなど、藤堂は見当もつかない。

「心当たりが多すぎる」

「一番疑われているのは誰だと思う?」

安堵《あんど》の息をついている場合ではない。アレクサンドルも誤解していたが、ボスやパーベルも、皇太子の仕業だと思い込んでいるだろう。今、ボスが死ねば、頂点に立つのはウラジーミルに違いない。たとえ、父殺しであっても。

「俺だ」

ウラジーミルはなんでもないことのように答えた。

「わかっているのならば、態度を改めたまえ」

「お前を狙った」

「つい先ほどのアレクサンドルに殺気はなかった。単なる脅しだ」

藤堂と同じようにウラジーミルも威嚇だと気づいている。ボスやアレクサンドルたちの芝居だ。

「脅しでも許さない」

「反抗期の子供でもあるまいし、やめたまえ」

藤堂には今のウラジーミルが反抗期の子供にしか見えなかった。初めて会った十七歳の頃をいやでも思いだす。人質とは思えないぐらいふてぶてしかった。ふたりでモスクワの高級ホテルに移った後も変わらなかった。ベッドの中では違った意味で大変だったが。

「……反抗期の子供?」

癪《しゃく》に障《さわ》ったらしく、ウラジーミルは自身の美貌《びぼう》を裏切る顔を晒《さら》す。

「反論できないだろう」

「子供じゃない」

初めて会った時の目線は同じだったが、今は見上げなければならない。立派すぎるぐらい成長したが、今は子供にしか見えなかった。

「大人ならば無闇《むやみ》に波風を立ててはいけない」

「あれくらいで死にはしない」

断言はできないが、ボスの命に別状はないはずだ。藤堂もウラジーミルと同じ見解だが、決して口にはしない。

「控えたまえ」

「まず、メシだ」

想定外の言葉に、藤堂は瞬きを繰り返した。

「……食事？」

「メシを食い損ねた」

ウラジーミルの辞書に食欲不振はない。鋼の胃袋同様、鋼のメンタルも称賛していいのかもしれない。

「用意させたまえ」

ウラジーミルのリクエストで、塩漬けニシンとビーツの前菜から始まるコースを食べた。藤堂の食は進まないが、ウラジーミルはハラジェーツというスペアリブのゼリー寄せもジュリエンというきのこのグラタンもペロリと平らげる。それでも足りず、ペリメニというシベリア風水餃子《すいギョーザ》も追加した。

「藤堂、食え」

「充分だ」

「ペリメニは食っていただろう?」

「今日はいい」

ホフロマ塗の器のペリメニもすべてウラジーミルの胃に収まる。藤堂が楽しんだのは紅茶ぐらいだ。

何しろ、平然としているのはウラジーミルのみ。

即座に厳戒態勢が敷かれ、狙撃手を躍起になって探しているという。ボス狙撃は伏せられたが、遠からず噂《うわさ》は流れる。

どんなに楽観的に考えても波乱の幕開けだ。

4

殺し屋襲撃や大幹部による詰問を覚悟していたが、拍子抜けするぐらい何事もなく朝を迎える。もっとも、ボス狙撃《そげき》の疑惑は晴れていないから、イワンをはじめとする側近たちの表情は暗い。逃亡の準備をしたメンバーたちもいた。

「ウラジーミルは今のうちにパリに逃げたほうがいいかもしれません」

スタニスラフが藤堂《とうどう》にも理解できるように日本語で提案すると、マクシムが青い顔で懸念を告げた。

「スタニスラフ、それ、ボスを狙撃させたと認めたようなものだ」

「ウラジーミルに濡《ぬ》れ衣《ぎぬ》を着せる計画ではないか？」

「……あ、なるほど……ボス狙撃の濡れ衣で監禁される前に避難したほうがいいのか……監禁されたら身動きが取れないから終わり。藤堂も僕たちも監禁されて拷問……無理、耐えられない」

マクシムは自分の拷問場面を想像し、額から脂汗をだらだら垂らした。イジオット名物の拷問を受ければ、身に覚えのない罪も自白するという。

「昨夜、内々にパーベルに面会を求めたが断られた。代理は用件も聞いてくれない」

スタニスラフはパーベルの次男と結婚した姉の縁を頼りに、裏で取りなしを求めようとしたらしい。

「こっちもそうだ。イワンはアレクサンドルに面会を断られて、僕はオリガに面会を断られた」

昨日のうちに、ウラジーミルの側近たちは大幹部に対して釈明しようとしていた。しかし、けんもほろろに追い返されたのだ。今までならばどんな時間であれ、ウラジーミルの側近たちが面会を求めて拒否されたりはしなかった。本人でなくても、代理の秘書が対応したのだ。

ウラジーミルの立場が一変したことは間違いない。

「議会のメンバーの態度も異常だ。濡れ衣を着せられ、公開処刑された後に嫌疑が晴れても虚《むな》しいだけ」

「……ううう、逃げるならパリだけど、幹部をひとりでも味方につけておきたい。ニコライには僕が話をつける」

「悠長なことはしていられない」

マクシムとスタニスラフは揃《そろ》って、ウラジーミルに視線を流す。意見を求めているのだ。

けれども、ウラジーミルは他人事《ひとごと》のようにブリヌイというロシア版のクレープを咀嚼《そしゃく》している。添えられているのは、イクラとスメタナだ。

「ウラジーミル、聞いていましたよね？」

スタニスラフが声に出して尋ねると、ウラジーミルは素っ気なく答えた。

「逃げる必要はない」

「畏《かしこ》まりました」

スタニスラフは伏し目がちに引いたが、マクシムやほかの部下たちの頬《ほお》はヒクヒクしたままだ。

……あの様子……スタニスラフは独断でパリ逃亡の準備を整えるな、と藤堂は明敏な側近の心情を読み取る。

帝政ロシア時代もソビエト連邦時代も現代も、罪人は作ろうと思えばいくらでも量産できる。皇子や妃《きさき》であっても、皇帝や重臣たちが罪を唱えたら死刑だ。濡れ衣で投獄される前に、逃亡するしかない。

ウラジーミルはロモノーソフの磁器に盛られたイクラとスメタナのブリヌイを平らげ、ローストビーフのブリヌイを食べだす。当然のように、甘いブリヌイも用意されていた。

「藤堂、もっと食え」

「充分だ」

昨日と同じやりとりが繰り返される。藤堂はハーブとサーモンのブリヌイだけでいい。

それなのに、使用人は強引にスグリとスイカズラのブリヌイも並べる。美食の国から帰ってきたのに、依然としてスマートな愛人を心配しているのかもしれない。

結果、テーブルマナーを無視し、ウラジーミルに食べさせる。藤堂は濃いめの紅茶を楽しんだ。

朝食後、ピアノを弾く気になれない。新しく取り寄せられた譜面を眺めていても、まったくそんな気になれないのだ。ウラジーミルは側近たちとともにモニター室に籠《こ》もっている。

朝食の場で逃亡話は消えたが、改めて逃亡話を詰めているのかもしれない。逃亡先をパリだと思わせ、トルコやハンガリーに向かうのも手だ。

タブレットでニュースの波を泳いだ。モスクワやサンクトペテルブルグ、ポーランドやナポリなど、あえて逃亡先に挙がったパリ以外の情報を追う。日本やタイの情報にも目を通したが、眞鍋《まなべ》組二代目組長の死亡記事は上がってこない。眞鍋組三代目組長のデータもなかった。情報屋にコンタクトを取りたいが、今は控えるしかない。藤堂の眼底に眞鍋の昇り龍を支える男たちが駆け巡る。

……そう、裏切りは世の常。

シャチがとうとう眞鍋の昇り龍を裏切った。

眞鍋の昇り龍は死んではいない。

死ぬようなヤクザならば俺は負けなかった。

サメや虎《とら》や参謀もついているから生きているだろう。

シャチも生きているはずだ。

どこに隠れている、と藤堂はキーボードを叩《たた》きながら手強《てごわ》い男たちの今後の戦い方に頭脳を働かせた。

昇り龍に刺されそうになった古いビルの玄関口がモニター画面に現れ、藤堂は懐かしさが込み上げる。虎が腕力で阻まなければ、殺されていたに違いない。一般の貿易商や私立校の教師を駆使した罠《わな》だったが、結局、あと一歩というところで逃げられてしまった。

『藤堂、キサマだけは許さない。覚悟しろ』

今でも昇り龍から向けられた憎悪は心に刻まれている。

どんなに小汚い手を使っても、眞鍋の昇り龍は仕留められなかった。悪運が強いにもほどがある。

ウラジーミルの悪運はどうだ？

悪運が強いから今まで生き延びている。

今回も旗色は悪いが切り抜けられるのか、と藤堂は胸奥に傲岸不遜《ごうがんふそん》な皇太子を浮かべた。

ズキリ、と噛《か》まれた乳首が痛むから気が滅入《めい》る。

気づけば、だいぶ時間が経《た》っていた。目の疲れを感じ、タブレットを琥珀《こはく》のテーブルに置く。

なんの気なしに、純白の薔薇《ばら》が飾られた部屋の窓辺に立つ。

昨日の荒々しい天候とは変わって、雪も降らず、風もそんなにきつくない。左右対称の庭園をシャツ一枚で散歩している幹部もいた。ボスの影武者やパーベル、アレクサンドルたちは東屋《あずまや》でウオッカや紅茶を楽しんでいるようだ。ロシア菓子を載せた盆を運ぶパーベルの長男や次男を確認した矢先、藤堂は自分の目を疑った。

……あ、あれはなんだ？

人が長い鉄の棒で刺されている？

……まさか、と藤堂は目の錯覚だと思った。

が、見間違いではない。

人間が地面から垂直に伸びる長い杭《くい》に肛門《こうもん》から突き刺されていた。それもひとりではなく五人。

どうやら、まだ命は尽きていない。

ボスの影武者や大幹部たちは東屋で見物している。遠目で表情まではわからないが、笑っているのではないだろうか。

惨《むご》たらしい地獄絵図に愕然《がくぜん》としていると、ウラジーミルがウオッカを手にモニター室から出てきた。側近たちの手にウオッカはない。

「ウラジーミル、あれは？」

藤堂《くしざ》が感情を押し殺して聞くと、ウラジーミルはお天気の話のように答えた。

「串刺し刑」

「……串刺し刑とはドラキュラのモデルになったヴラド三世が好んだ刑だったな？」

「串刺し刑はヴラド・ツェペシュの専売特許じゃない。先祖もお気に入りだ」

串刺し刑は地球上のありとあらゆるところで確認されている刑だ。歴代のロシア皇帝が好んだ理由は、処刑自体が拷問になっているからだという。串刺し刑では簡単に死ぬことができない。

「廃止されたと思ったが、イジオットではまだあるのか」

死刑囚の肛門に杭を突っ込んで打ち続ける。五十センチほど打った後、死刑囚に突き刺さった杭を持ち上げ、真《ま》っ直《す》ぐに地面の穴に差し込むのだ。これで死刑囚の重さにより、杭が体内深くに進んでいく。

死刑囚の内臓を突き破るには時間がかかり、絶命するまで悶《もだ》え苦《くる》しむ。ロシア皇帝は見物することを楽しんだという。

肛門から突き刺された杭は、死刑囚の背中や腹に出るケースがある。ロシアで最も好まれたのは口から杭が出るケースだ。それ故、死刑囚の口から杭が出たところで串刺し刑は終わる。だが、死刑囚は串刺しのまま晒《さら》し者《もの》にされた。見せしめのために。

「裏切り者の末路だ」

ウラジーミルの口調から、一昨日《おととい》、公開処刑された元幹部の関係者だと伝わってくる。

「一昨日の元幹部関係者か？」

「あぁ、元幹部の部下だ。パリに逃げていた」

裏切り者たちを潜伏中のパリで捕まえ、本日、ロシアで処刑したらしい。パリに逃亡していなければ、元幹部と同じ日にイジオットの本拠地で串刺し刑に処されていたのだろう。

「裏切りは確かなのか？」

「あぁ」

「まだ死ねないのか」

元幹部の部下たちは裏切りが発覚した時、自分たちがどうなるのか、考えていなかったのだろうか。覚悟してから裏切ったのだろうか。串刺し刑を予測していたら裏切らなかっただろうか。なんにせよ、今は一刻も早く死を願っているだろう。

イワン雷帝の時代、串刺し刑で二日間も苦しんだ処刑者がロシア処刑史に記されている。裏切り者のヤクザを生きたまま硫酸風呂《ぶろ》に漬けた眞鍋の龍虎が可愛《かわい》く思えた。

「助けるな」

ウラジーミルに咎《とが》められ、藤堂は筆で描いたような眉《まゆ》を顰《ひそ》めた。

「そんな気はない」

藤堂の射撃の腕ならば、瞬時に五人、楽にしてやれるだろう。しかし、幹部たちの反感を食らうのは必至だ。今現在、ウラジーミルが疑われているから何もしてはいけない。

「お前は甘い」

「その心配は無用だ」

「見物しているのはボスの影武者だな?」

ボスの影武者とパーベル、アレクサンドルら、イジオットの主要人物たちはウオッカや紅茶を飲んでいる。さすがに女性はひとりもいないが、凄惨《せいさん》な処刑とは真逆の優雅な茶会だ。目を凝らせば、祭りや祝い事に用意されるピロークというロシア風の大型パンもあった。裏切り者の処刑にパーティ料理が作られているから背筋が凍りつく。

「あぁ」

「命に別状はないのか?」

「残念ながら」

ウラジーミルの憮然《ぶぜん》とした表情から、ボスの容態を把握した。おそらく、生死に関《かか》わる傷ではない。

「命に別状はないのだな」

「消すなら今だ」

やらないとやられる、という冬将軍の心情が痛いぐらい伝わってくる。父子関係は芳しくなかったようだが、今までとは異質の風を感じているらしい。傍らに控えている側近たちから血の気が引いた。

「やめたまえ」

「お前を串刺しにはさせない」

「もしかして、あの串刺し刑はウラジーミルへの恫喝《どうかつ》も込めているのか？」

明日の串刺し刑は廃嫡された皇太子と愛人だ、と圧力をかけているのかもしれない。串刺し刑は絶対君主に逆らった結果を貴族たちに見せるためでもあったという。

「考えるな」

「そうなのか」

「今夜にもカタをつける」

モニター室でいったいどんな策を練ったのだろう。冬将軍は釈明する気も逃亡する気もないようだ。

「冷静に対策を練りたまえ」

藤堂がウラジーミルから東屋に視線を流した時、ニコライが人気アニメのヒロインのフィギアを手に飛び込んできた。ロシア語で側近たちに喚《わめ》いていたが、藤堂に気づくと日本語で捲《まく》し立《た》てた。

「……ウラジーミル、どうして、あんなやり方でボスを狙《ねら》ったの。隠し扉の小窓なんて、身内の狙撃だってモロバレじゃん。藤堂が串刺しにされるよ。イワン雷帝もピョートル大帝もボスもパーベルも串刺しが大好きだもん。串刺しはヤキトリに任せておけばいいのにっ」

ニコライはボス狙撃の黒幕がウラジーミルだと思い込んでいる。鼻息も荒いし、語気も荒い。

「ニコライ、先を越された」

ウラジーミルがいつもの調子で答えると、ニコライは目を丸くした。相棒のフィギアも抱え直す。

「……あれ？　じゃあ、ウラジーミルじゃないの？」

ニコライはきちんと冬将軍の言い回しを正しく理解した。

「あぁ」

「ペトロパヴロフスクやヴォロノフ？」

ニコライは即座に敵対しているロシアン・マフィアに思い当たったようだ。元幹部とヴォロノフの内通は発覚したばかりである。ほかのメンバーも内通している可能性が高い。

「捕まえればわかるだろ」

ボスを狙撃した者を捕獲すれば真実が明らかになる。けれど、総力を挙げても報告はない。

「まだ捕まっていないよね」

「あぁ」

「捕まるのかな?」

ニコライが思案顔で言うと、ウラジーミルはシニカルに口元を歪《ゆが》めた。

「俺の部下なら捕まらないか」

何を考えているのか不明だが、ウラジーミルは自身の部下に疑惑の目を向けた。藤堂は口を挟まず、ウラジーミルとニコライを観察する。

「……うん、ウラジーミルの部下がボスをヒットして、上手《うま》く逃げて、ウラジーミルの部下に戻ったらバレないと思う。証拠がないもんね」

あの時、扉の前ではマクシムとイワンがほかの警備兵とともに控えていた。マクシムとイワン以外なら、隠し扉の小窓からボスを狙撃できるだろう。つまり、ボス狙撃犯に仕立て上げられる。

ボスの意向でどうにでもできる、と藤堂は改めて絶対王政時代とさして変わらないイジオットに長嘆した。

「ニコライ、お前の部下のケースは？」

「僕の部下？」

「お前を次期ボスに」

ウラジーミルは従弟《いとこ》の野心を突いた。ボスの甥《おい》には皇位継承権があるし、所有する資産は申し分ない。皇帝の弟も無言で後押しするだろう。

「まさか。僕が気になるのは日本のアニメとマンガだ。ボスになったら、メイド喫茶を世界展開する暇もないからいやだよ」

ニコライが次期ボスの座を狙わない理由には、並々ならぬ説得力があった。ありったけの情熱を日本のアニメやマンガに注いでいる。部下にもニコライの影響を受けたマニアが多く、人気アニメの最終回が気に入らず、大暴れしたという報告もあった。藤堂は理解できないが、マクシムは痛いぐらいわかるらしい。

「そうか」

「日本のアニメやマンガを禁止しない限り、次期ボスはウラジーミルだよ」

「わかった」

「セルゲイは美少女戦士を否定するから駄目」

ニコライはロシアでも人気抜群のアニメの決めポーズを取る。対抗意識か、仲間意識か、マクシムまで同じポーズを取った。ニコライとマクシムから視線でせっつかれるが、藤堂は美少女戦士のポーズを取ったりはしない。何気なく、視線を逸《そ》らすだけだ。

ウラジーミルは馬鹿《ばか》らしそうに流した。

「そうか」

「モスクワとサンクトペテルブルグに日本オタク館を建てたい。毎日、コスプレ天国」

「好きにしろ」

「蕎麦《そば》をするのはできないけど、蕎麦にも目覚めたんだ。美味《おい》しいよ」

「あぁ」

「でね、ウラジーミルはさっさとレッドマンに変身して、無実を証明しないと今回はヤバいよ。今回のボスの件、内部犯行に決まっているもん」

ニコライは戦闘物のヒーローの変身ポーズを取った。変身するなら名探偵コ◯ンでしょ、とマクシムが小声で突っ込んでいる。

「お前の心当たりは？」

「ボス狙撃はウラジーミルじゃなきゃ……あ、まさか、パパ？」

はっ、とニコライは思いついたらしく、下肢を大きく震わせた。底抜けに明るい皇子には珍しい。ウラジーミルに弟がいるように、ボスにも弟がいる。言わずもがな、ニコライの父親だ。

「アレクサンドルがボスの座を狙ったのか？」

「パパが宋《そう》一族のパリ支部に食い込んだのに、ボスに横取りされたんだ。知ってるでしょ」

「パーベルが仲裁したな」

「パパのヤケ酒とコサックダンスがひどかった。パパの部下も怒った。パパの部下はボスよりパパが好きだしね」

「アレクサンドルが裏切ったのか？」

ビザンティン帝国継承を宣言した時から、ロシア王宮では兄弟間の裏切りは横行している。今さら誰も驚いたりはしない。

「……あ、パパは生き埋めが好きだよ。……よく考えなくても、あれはパパの手じゃない」

よかった、とニコライは安心したように息を吐いた。ボス狙撃に実父の匂《にお》いを感じなかったのだろう。

「アレクサンドルならボスを生き埋めか？」

「ボスの生き埋めは無理だと思う。もっとあっさりさりげなく毒殺……あ、藤堂、こんな話はつまらないよね。ウラジーミルと駆け落ちさせてごめんね。駆け落ちしなくてもいいんだよ。パリで結婚式を挙げようね」

ニコライは唐突にウラジーミルから藤堂に視線を流し、話題もガラリと変えた。ぱっ、と周りの空気も軽くなる。

「ニコライ、結婚式は無用」

「日本で結婚式をしたいの？」

ニコライの激しい思い込みにつき合っていられず、藤堂は強引に話を変えた。

「そんな悠長な話をしている場合か？」

「そうだね。ウラジーミルと藤堂の帰還を祝福するよ。おにぎりパーティするために来たの」

ニコライは満面の笑みを浮かべると、器用に指を慣らした。使用人たちが銀のワゴンを押しながら入ってくる。

……っ……俺が動揺してはいけない……が、ニコライはウラジーミルがボスを狙撃させたと思い込んでいた。

それなのに、おにぎりパーティの準備？

どういうことだ、と藤堂は態度には出さなかったが、内心では思い切り動揺していた。

想定外の展開についていけないのは、おにぎり発祥の国の人間だけだ。ウラジーミルでさえ、すんなりとおにぎりパーティを承諾する。

「そうそう、日本のソウルフードはおにぎりだよね。ヒロインはよくヒーローのためにおにぎりを揉《も》んでいるよ」

マクシムが嬉々《きき》としておにぎりの知識を披露すると、ニコライは人差し指を小刻みに振った。

「マクシム、おにぎりは揉むんじゃなくて握るんだ」

「そっか。米を握るの？　米の握手だね。藤堂もそのうちウラジーミルのためにおにぎりを握ってくれるよね」

藤堂が呆然《ぼうぜん》としている間に、猫脚のテーブルにはおにぎりの山が用意された。ロシアで独自の発展を遂げた日本食ではない。一見、日本のどこでも売られているおにぎりに見える。ちょうど昼食の時間だ。

「藤堂、食べて食べて」

ニコライやマクシムの圧力に負け、藤堂は三角のおにぎりを口にした。ある程度、覚悟していたが、やはりロシア独自の進化を遂げていたおにぎりに驚愕《きょうがく》した。何せ、具が苺《いちご》だ。

「……苺か？」

苺寿司《ずし》やジャム寿司があるから当然かもしれない。横目で見れば、ウラジーミルが食べているおにぎりの具はピーナッツ入りのチョコレートだ。

「うん、苺のおにぎりは基本でしょう。お弁当のど真ん中にも入っている」

ニコライに自信たっぷりに言われ、藤堂は乾いた声で否定した。

「梅干しだ」

「梅干し？　黒スグリかな？」

藤堂は梅干しについて説明したが、ニコライやマクシムは理解できないらしい。ウラジーミルは早くもふたつめのおにぎりに手を伸ばしている。

おにぎりの具がリンゴやブルーベリーやビルベリーやキャラメルやマロングラッセやヘーゼルナッツペーストやポテトでも、ロシアの青年たちは美味しそうに平らげた。塩の代わりに砂糖やシナモンが使われているおにぎりでさえ。

「藤堂、どうして食べないの？」

ニコライは頬に米粒をつけ、具がチョコチップクッキーのおにぎりを手に首を傾《かし》げる。

「気持ちだけ受け取っておく」

ロシア料理にふんだんに使われるイクラや鮭《さけ》が具ならば、絶品のおにぎりだっただろう。ビーフやチキンでもボリュームのあるおにぎりになったはずだ。藤堂は解釈に苦しむ。

「それ、女の子が男の子の純情を拒む時のセリフだよね？」

「ニコライ、アニメやマンガを鵜呑《うの》みにするのは控えたまえ。ロシア文学はロシアの現実を表現していないだろう」

「ロシア文学は眠くなる。アニメやマンガは眠くならないからすごいよ。藤堂も新妻みたいにウラジーミルが帰ったら『ごはんにする？　お風呂にする？　あたしにする？』って聞いてあげてね」

ニコライが新妻に対する妄想を爆発させると、マクシムも顎《あご》に米粒をつけたまま続けた。

「藤堂の新妻用のエプロンがない。白いフリル付きエプロンをすぐに用意するよ」

「新妻用のエプロンは白い体操服とブルマーだ」

「それは三年目の結婚記念日だ」

「三年目の結婚記念日にはヌードのエプロンだ。裸エプロンは男のロマンだよ。世界の男のロマン」

「三年目の話は三年目にしよう。藤堂は公開処刑を見て倒れるぐらい初々しい新妻だから、フリル付きの白いエプロンだ」

肝心の藤堂とウラジーミルをよそに、ニコライとマクシムは一人歩きしたヤマトナデシコ幻想新妻版を発展させる。

藤堂は目眩《めまい》を感じたが、ウラジーミルに視線を留めれば頬に米粒をつけている。冷厳な冬将軍とは思えない姿だ。

藤堂は軽く笑うと、ウラジーミルの頬から米粒を取った。

その途端、ウラジーミルのすべてを凍らせるような目が派手に揺れる。どこかの純情な好青年のようなムードだ。

……っ……これは誰だ？

俺が知るウラジーミルじゃない、と藤堂も心底から戸惑う。

ニコライとマクシムに至ってはロシア語で手を叩いて驚嘆した。壁際に並んでいた警備兵までいっせいに手を叩く。

「新妻だ」

日本オタクを自称するふたりは同時に同じ言葉を口にしたが、藤堂は二の句が継げない。

ウラジーミルはどこかの純情な好青年のまま、無言で何個目かわからないおにぎりに手を伸ばした。基本、日本オタク談義には加わらない。

「ウラジーミル、駆け落ちした甲斐《かい》があったね」

「ウラジーミル、駆け落ちは成功だった。初々しい新妻のためにも日本を支配しよう」

「そうだよ。藤堂は公開処刑の途中で倒れてしまうぐらい繊細なんだ。サクッ、と日本をイジオット領にしようね」

「日本で藤堂の新妻姿を見るのが楽しみだ。藤堂の白いエプロンや白い割烹着《かっぽうぎ》は、ワビサビのとっても可愛いのぎゃんかわ版だね」

もはや、ニコライとマクシムの会話についていけない。藤堂は理解することを捨て、お

にぎりとともに用意された緑茶を飲んだ。

オレンジ風味の砂糖入りだったが、ニコライとマクシムの会話を思えばどうってことはない。あまりにも奇っ怪すぎる。


ニコライが日本のアニメソングを歌いながら帰った後、藤堂は形容しがたい疲労を感じていた。

ウラジーミルはイワンが持つタブレットを見ながら、ロシア語でボソボソ話し合っている。おしなべて側近たちの表情は固いが、マクシムはニコライから仕入れた新作アニメの情報で潑剌《はつらつ》としていた。目を合わせたら、アニメ論を情熱的に披露されるから視線を逸らし続ける。ヤマトナデシコ新妻論だったら最低だ。

窓の外、いつしか、東屋で串刺し刑を見物していたボスの影武者や大幹部たちはいなくなっている。それでも、ライトの下、串刺し刑は続行中だ。無残にも未《いま》だに命は絶えていない。比較的暖かだった日中とは変わって、雪がしんしんと降っている。

ウラジーミルの指示により、マクシムとイワンが出ていった。一瞬、純白の薔薇が飾られた部屋に静寂が走る。

「藤堂、俺と一緒にプリクラとやらを撮りたいのか？」

一瞬、何を言われたのか理解できず、藤堂は身を乗りだして聞き返した。

「ウラジーミル、なんのことだ？」

「プリクラとやらは重要なのだろう？」

ウラジーミルはニコライやマクシムから妄想爆発ジャパンを吹き込まれたようだ。藤堂は首を左右に振った。

「日本の情報が歪曲《わいきょく》されて伝わっている」

「一緒の登下校もしなくていいのか？」

「一緒の登下校？」

「お互いに学生じゃないが、資料室にでも一緒に行って帰ってくるか？」

「歪曲された情報だ」

藤堂が真顔で否定した時、重厚な扉が物凄《ものすご》い勢いで開いた。ウラジーミルの実母であるオリガが強健な警備兵たちを引き連れ、憤怒《ふんぬ》の形相で乗り込んできたのだ。

「オリガ？」

即座にウラジーミルは盾になるように藤堂の前に立った。

もっとも、麗しいロマノフ皇妃は東洋人には一瞥《いちべつ》もくれない。ウラジーミルに摑《つか》みかかり、ヒステリックにロシア語で喚きだす。憤激し、誰も宥《なだ》められる雰囲気ではない。

ウラジーミルはこれ以上ないというくらい尊大な目で見下ろすだけだ。実母に対し、一言も返そうとしなかった。

皇太子の兵隊たちは警備兵に囲まれ、睨《にら》み合《あ》っている。お互いに武器を使わないように自重しているらしい。

ロシア語で『愛人』や『日本人』や『殺せ』が聞こえるや否や、藤堂も瞬く間に長身の警備兵に囲まれ、手鎖《てじょう》をはめられそうになった。

……が、間一髪、藤堂は躱《かわ》した。

それでも、逃げられたわけではない。

ガシッ、と両腕を左右の警備兵に摑まれ、引《ひ》き摺《ず》られるようにして進みだす。どうやら、オリガの指示により、皇太子の愛人は処分されるらしい。幹部連中も誤解していたから、オリガはウラジーミルがボスを狙撃したのだと思い込んでいるのだろう。ウラジーミルをそそのかしたのが、初めての愛人だと考えているのかもしれない。

藤堂は一言も口にせず、静かに従う。

ウラジーミルが凄《すさ》まじい形相で、隠し持っていた拳銃《けんじゅう》を構えた。焦点は藤堂を囲んでいる警備兵たちだ。

「ウラジーミル、やめたまえ」

藤堂の声はウラジーミルの心に届かない。

ズギューン、ズギューン、ズギューン、ズギューン、ズギューン、という不気味な銃声が鳴り響いた。

五人の警備兵はそれぞれ急所を撃ち抜かれ、その場に崩れ落ちる。藤堂が身につけていた白いスーツに血の色で模様がつく。

一際甲高いオリガの声が響き渡った。

さらに、ウラジーミルは実の母親に焦点を定める。

「ウラジーミル、彼女を撃つなら、俺が君を撃つ」

藤堂は倒れている警備兵から銃を取った。そうして、ウラジーミルの左肩に焦点を定めた。

「……藤堂？」

ウラジーミルは自分に銃口を向ける藤堂が理解できないらしい。オリガは魔物でも見るような目で、自身の腹を痛めて産んだ子を見上げる。その場に居合わせた者たちも全員、冬将軍の冷血ぶりに凍りついた。

「母上に銃口を向けてはいけない」

藤堂が優しく諭すように言うと、ウラジーミルは凶悪犯のような表情を浮かべた。

「お前は甘すぎる」

「君は短絡的すぎる。母上に詫《わ》びたまえ」

「何故《なぜ》？」

ウラジーミルと藤堂が言い合っている間に、三男坊が飛び込んできた。ロシア語でウラジーミルに叫んだ後、オリガを包み込むように抱き締める。

「ウラジーミルが悪いんだよ」

三男坊は藤堂にも聞かせるように日本語で非難してから、オリガを抱いたまま足早に去っていった。警備兵たちはウラジーミルに射殺された同志を荷物のように運びながら続く。

雪崩に遭遇したような感覚だ。

冬の女神が作り上げたような美形は瞋恚《しんい》に塗《まみ》れた双眸《そうぼう》で立っている。藤堂は溜《た》め息《いき》をついてから歩み寄った。

「ウラジーミル、君は誤解されている」

藤堂が穏やかに語りかけると、ウラジーミルは肯定するように頷《うなず》いた。

「オリガは俺がボスを狙撃させたと思い込んでいる」

「誤解を解きたまえ」

「戦争準備をする」

ロマノフの皇太子は亡命どころか、クーデターを起こす気らしい。確かに、歴史を遡《さかのぼ》れば、ロシアではクーデターが繰り返された。

「無謀」

せめてパリに逃げろ、と藤堂は呆気《あっけ》に取られた。おそらく、才知に長《た》けた側近はパリ逃亡の準備を終えたはずだ。

「俺を誰だと思っている？」

冬将軍の高い自尊心が燃え上がるが、今は無用の長物に等しい。

「時期尚早」

「俺を侮るな」

「せめて、完璧《かんぺき》な影武者を用意したまえ。今の影武者は役に立たない」

これだけは思《おも》い留《とど》まらせなければならない、と藤堂は焦燥感に駆られてしまう。ウラジーミルから解放されたいと思っているが、まかり間違っても破滅は願っていない。

「黙れ」

「現実を見たまえ」

「来い」

「……ウラジーミル？」

ウラジーミルに抱き寄せられても、藤堂は拒めなかった。冷たい闘志を燃やしている皇太子は身体《からだ》で宥めるしかないから。

「ウィーンでの誓いを忘れるな」

「覚えている」

ウラジーミルは隣室の寝台まで運ぶ余裕もないらしい。

バンッ、と藤堂は壁に押しつけられ、背後からベルトを外される。目の前の壁と荒々しい手つきで下肢を暴こうとするウラジーミルに焦った。その拍子に傍らにあった、年代物の飾り棚から香油の瓶が何本も落ちる。

「逆らうな」

ウラジーミルの叱責《しっせき》に、藤堂は壁を見たまま作った柔らかな声で聞いた。

「立ったままか？」

「俺のものだ」

俺のものをどう抱こうが俺の勝手、とウラジーミルの心情が密着する背中から伝わってきた。実母への鬱憤《うっぷん》や実父への反感など、複雑な感情で苛立《いらだ》っているようだが、銃口を向けたことで機嫌を損ねたフシもある。藤堂は首を捻《ひね》って、ロマノフの皇太子に言った。

「俺の身体を考慮したまえ」

殺す気か、と藤堂は無駄だとわかっていながら視線で訴えた。こういった要望を口にしたのは初めてではない。

藤堂の肌から所有の証《あかし》のような紅《あか》い跡が消えたことはなかった。薄れたとしても、上書きされるようにつけられる。秘所は酷使されて敏感になりすぎているし、腰の倦怠感《けんたいかん》は凄まじい。

「前にも聞いた」

「……あぁ、何度も頼んだ」

「考慮している」

耳朶《じだ》を強く嚙まれ、藤堂は思わず裏返った声を発した。

「……これで？」

傍若無人な皇太子は自制していたという。今まで本能の赴くまま、貪《むさぼ》られていたとばかり思っていた。

「あぁ」

「驚いた」

藤堂が本心を零《こぼ》す間も、ウラジーミルの手は止まらない。ズボンのファスナーを乱暴に下げられ、下着とともにズボンをずり下げられた。シャツやネクタイ、靴と靴下はそのままだから滑稽《こっけい》なぐらい卑猥《ひわい》だ。

「腰を突きだせ」

ウラジーミルの声に喩《たと》えようのない情欲が滲《にじ》む。ウラジーミルの分身が滾《たぎ》っていることは布越しにもわかった。

「……君」

「俺に従え」

古《いにしえ》のイワン雷帝か、ピョートル大帝か、独裁者そのものといった言葉に、藤堂は呆《あき》れを通りこして感心した。

「とんだ暴君だ」

いっそウラジーミルが冷酷な暴君ならばよかった。自分の自由のため、策を練り、逃げていただろう。皇太子の腕から逃れたいが、裏切りたくない。けれども、自由になるためには裏切らねばならない。……が、裏切ることができない。藤堂も凄まじい葛藤《かっとう》で揺れている。

「お前は誰のものだ?」

ウラジーミルの表情や声音は尊大だが、そうやっていちいち確かめてくるのは自信がない証拠だ。

「わざわざ俺に尋ねなくても」

「お前は俺だけのものだ」

有無を言わせぬ力で尻丘《こうきゅう》の割れ目を摑まれ、指の腹で調べるようになぞられ、藤堂は下肢を小刻みに震わせる。秘部がズキズキと疼《うず》いているから愕然とした。自分の身体が自分の意思を裏切る。認めたくなかったが、日々、執拗《しつよう》な愛撫《あいぶ》を受けている器官はいつの間にか変わっていた。

「わかっている」

「じっとしていろ」

背後でウラジーミルの吐息とファスナーを下ろす音が聞こえてくる。取りだした分身を秘部に当てられた。

無理だ、と藤堂の身体は竦《すく》む。

けれど、覚悟していた激痛はない。

「ウラジーミル？」

振り向けば、ウラジーミルは飾り棚から落ちた香油の瓶を拾っている。器用な手つきで、美貌《びぼう》の女帝が愛用したという香油を手に垂らした。女性のように蜜《みつ》を溢《あふ》れさせない身体を愛しているのだと、思いだしたのかもしれない。

「腰をもっと突きだせ」

香油が秘部に塗り込められ、藤堂の下肢が痺《しび》れる。

「……っ」

「いいのか？」

ウラジーミルの声に生々しいオスを感じ、藤堂の全身に信じられないぐらいの悦楽が走った。

「……やめたまえ」

藤堂にそんなつもりはなかったが、若い男を煽《あお》ってしまったようだ。生唾《なまつば》を呑《の》み込《こ》む音が聞こえるや否や、物凄い勢いで腰を摑まれた。背中から感じる熱気でどれだけ昂《たか》ぶっているか、いやでも伝わってくる。

メリッ、という音とともに灼熱《しゃくねつ》の肉塊に突き刺された。

「……っ」

馴染《なじ》む間もなく、奥に進まれ、藤堂は壁に縋《すが》りつく。

「喘《あえ》げ」

傲慢《ごうまん》な支配者の容赦がないリクエストに異議を唱えたいが、藤堂の舌は思うように動かない。

「……っ……ウラジーミル……」

「腰を振れ」

ズーッ、ズーッ、という卑猥な音が局部から響き、藤堂の精神を刺激した。圧迫感を上回る悦楽が憎い。

「……無理を言うな」

「俺を想《おも》って振れ」

「……あっ……」

その一点を強く擦《こす》りあげられ、藤堂は崩れ落ちそうになった。皮肉にも、秘部の繋《つな》がり

が支えだ。

「桐嶋元紀《きりしまもとき》を忘れろ」

嫉妬《しっと》混じりの声が、藤堂の心を貫く。けれど、藤堂の脳裏に豪快な昔馴染みは現れない。

「……っ……あぁ……」

「橘高清和《きったかせいわ》を考えるのも許さない」

ウラジーミルの天井知らずの独占欲に呆れている余裕はない。ウラジーミルの手に巧みに分身を揉《も》み扱《しご》かれ、藤堂は耐えがたい射精感と闘っていた。

「……あ……」

「お前を抱いているのは俺だ」

「……あっ……わかっているから……」

そんな場合ではないが仕方がない。ウラジーミルの側近たちによる根回しを信じるだけだ。

ロマノフの皇太子に寵愛《ちょうあい》された愛人は従うだけ。

5

夜が明けても、ボス狙撃犯《そげきはん》の行方は未《いま》だに摑《つか》めない。

それでも、一筋の光明が見えたらしい。

ニコライのサポートが大きかったらしいが、側近たちの根回しにより、ウラジーミルの嫌疑は晴れないまでも監禁されることはなさそうだ。敵対するロシアン・マフィアの内紛工作説が強くなったらしい。

しかし、このままでは危険だ。

「いつまでもネステロフ城に留《とど》まる必要はない。帰るぞ」

ウラジーミル所有のアジトに移動したほうがいい。ただ、爆破した城は未だに修復工事が終わらず、警備の面で問題があるという。

ウラジーミルはウクライナの所有地に移ると決めたが、最低限の挨拶《あいさつ》はしなければならない。

「ウラジーミル、せめてボスとパーベルに挨拶をしてください」

側近たちに懇願され、藤堂《とうどう》も永遠の愛を餌《えさ》に宥《なだ》め、ウラジーミルは渋々ながらも折れた。

ウラジーミルはイワンを連れ、ボスの見舞いに向かう。オリガがボスについているからちょうどいい。パーベルへの挨拶はスタニスラフが代理でする。藤堂はマクシムとともにボスの弟であるアレクサンドルに挨拶することになった。

だが、アレクサンドルがいる塔に辿《たど》り着《つ》く前、藤堂とマクシムは典麗な回廊で大勢の警備兵に囲まれる。

マクシムはロシア語で怒鳴りつけたが、藤堂に向けられた無数の銃口は引かない。

「マクシム」

藤堂はマクシムの背後に立つ警備兵の手にスタンガンを見つけた。けれど、もう遅かった。

ピリリッ、という音がマクシムの首筋で鳴る。

ロシア語の罵声《ばせい》が飛び交う中、マクシムは低い呻《うめ》き声《ごえ》とともに崩れ落ちた。体格のいい警備兵が気絶したマクシムを荷物のように肩に担ぎ上げる。

帝政ロマノフというよりソビエト連邦の秘密警察を連想させる警備兵に英語で注意された。逆らっても無駄だ、と。

グイグイッ、と藤堂は背中にライフルを押しつけられて従う。状況が摑めない今、無駄な抵抗は命取りだ。

なのに、従順な姿勢を示したのにやられた。首筋に凄《すさ》まじい衝撃を受け、その場に崩れ落ちる。

マクシムと同じようにスタンガンで攻撃され、荷物のように担《かつ》ぎ上げられたのだ。誰かに怒鳴られたような気がしたが、藤堂には確かめようがない。辛《かろ》うじて保っていた意識は回廊までだ。


庭の薔薇《ばら》が咲き誇っていた頃、芦屋《あしや》の実家に元紀《もとき》を呼び、一緒に食事をした後だ。自室の本棚に並んだ欧州の歴史書に元紀は感心していた。しかし、残酷な歴史を綴《つづ》った書籍には奇声を上げげた。

『カズ、えげつない本もコレクションしとるんやな』

元紀の震える指先に視線を留め、納得した。

『元紀、何を？　……ああ、拷問史に処刑史か』

『これ、股割《またさ》きだの、皮剝《かわは》ぎだの、生き埋めだの、火刑だの、磔《はりつけ》だの、餓死だの、蠍《さそり》の穴だの、蛇の穴だの……』

『人がどこまで残虐になれるのか、競っている歴史だと思わないか？』

『何を言っとうのかわからへんけど、サドは昔からあっちこっちにおるんやな……うわぁ

『……串刺《くしざ》しなんて焼き鳥ちゃうのに……』

元紀の串刺し刑に対する言葉が木霊する。素《す》っ頓狂《とんきょう》な声を上げつつ、最初から最後まで目を通した。

……元紀、あの頃はよかったな、と藤堂はそう呟《つぶや》いた時、自分が夢を見ていたことに気づいた。

目を開ければ、琥珀色《こはくいろ》にも似た薄い茶色の目に覗《のぞ》き込《こ》まれている。ウラジーミルやマクシムの瞳《ひとみ》の色ではない。

つい先ほど、回廊で囲まれた警備兵の目だ。ロシア語で何か語っているが、藤堂には理解できない。

「Could you speak English, please?」

藤堂は動かない舌を無理に動かしたが、警備兵は英語が理解できないらしく首を振った。ロシア語で壁側に並んでいる警備兵に叫ぶ。

藤堂はスタンガンで気絶させられたことを思いだす。すぐに自分が石の台に寝かされていることに気づいた。シャツは身につけたままだが、左右の手は拘束され、下半身を覆うものは何もない。周りを見渡せば、窓はなく、天井も壁もゴツゴツした大きな石だ。どう考えても、ロシア・バロックの絢爛《けんらん》さを表現した城内とは思えない。だが、地下には帝政ロシア時代から使用されていた石牢《いしろう》があると聞いていた。

重厚な扉が開き、ボスの腹心であるパーベルが現れた。一際頑強な警備兵たちも続く。

「藤堂、残念だよ」

パーベルは沈痛な面持ちで溜《た》め息《いき》をついた。

「パーベル、説明していただけますか？」

藤堂が冷静に尋ねると、パーベルは感服したように言った。

「こんな時にも乱れない。スマートなサムライだ」

「お褒めにあずかりましたが、実は怯《おび》えています」

よくよく見れば、石の壁には拷問用の器具が取り付けられていた。石造りの棚には髑髏《どくろ》が並んでいるし、かつて拷問史に記載されていた芸術品のような拷問器具が置かれていた。

「何があったか、覚えているかい？」

「……はい」

「ウラジーミルの父親殺しが発覚した。……まだ殺されてはいないけどね。見逃せないよ」

信じたくなかった、とパーベルは独り言のように続ける。こめかみを揉《も》む指は辛《つら》そうだ。

「イジオットの内紛を狙《ねら》った者による罠《わな》です」

藤堂が切々とした調子で言うと、パーベルは肩をがっくりと落とした。

「スタニスラフが白状した」

大幹部の言葉が信じられず、藤堂は歯切れの悪い声で聞き返した。

「ウラジーミルの側近のスタニスラフですか？」

「そうだよ。ウラジーミルに尽くしていた忠臣だ」

「何かの間違いです」

「隠しカメラで撮ったものだ。納得できないならご覧。アレクサンドルもいたよ」

パーベルは背後に従えていた警備兵からタブレットを受け取り、藤堂の目前に差しだした。ぎこちない手つきで操作する。

モニター画面には藤堂が知っている神経質そうな美青年が映しだされた。元近衛隊《このえたい》の血筋であり、利発な少年だったから、ウラジーミルの近侍に選ばれたという。時に過激すぎるウラジーミルに進言し、納得させた腹心だ。マクシムは幾度となくスタニスラフを手放しで褒めていた。

以前、ウラジーミルは東京の桐嶋《きりしま》元紀に殺し屋を送り込もうとしたが、止めたのはスタニスラフだった、とも。

耳を澄ましたが、ロシア語の会話だからわからない。ただ、スタニスラフの表情や仕草、パーベルやアレクサンドルの態度からなんとなく伝わってくる。最後、スタニスラフはうなだれ、パーベルに肩を抱かれた。

「藤堂、わかってくれたね？」

パーベルに同意を求められ、藤堂は苦笑を漏らした。

「ロシア語はわかりません」

「おぉ、そうだったね」

「はい、スタニスラフがウラジーミルのウィーン行きを謝罪しているようにしか思えません」

藤堂は揺さぶりをかけたが、老獪《ろうかい》な大幹部は引っかからない。傷が残る手を小刻みに振られた。

「藤堂、これこれ、騙《だま》そうとしても無駄だよ。スタニスラフの懺悔《ざんげ》シーンだと気づいているだろうに」

「確かに、スタニスラフとパーベルの服は今日のものです」

……これはいったいどういうことだ？

スタニスラフの偽者ではない。

本物のスタニスラフに本物のパーベルに本物のアレクサンドルだ。

ウラジーミルがスタニスラフにボス暗殺を命じたとは思えない。

……いや、殺す気だった。

実父に対して、殺意を抱いていたのは間違いない。

……が、まさか、スタニスラフに命じて、あの時に狙撃させたのか、と藤堂は心の中で自分を落ち着かせるように呟いた。

「藤堂、残念でならない」

パーベルは感情たっぷりに言ってからタブレットを下げた。背後の警備兵が無言で受け取る。

「スタニスラフはどうしました？」

「ほんのつい先ほど、ちょっと目を離した隙《すき》に自殺してしまった」

藤堂の予想通り、スタニスラフは旅立っていた。もはや、直《じか》に問《と》い質《ただ》すことはできない。

「ウラジーミルはどうしていますか？」

「今頃、ボスに最後の挨拶をしていると思う」

「俺はウラジーミルがボスを狙わせたとは思いません」

藤堂が自信を持って言い切ると、パーベルは驚愕《きょうがく》したように両手を開いた。

「……ほぅ、それはなんでかな？」

「ウラジーミルなら自分でボスを撃つでしょう」

ウラジーミルが反感を抱いていながら、ボスにSSS級の殺し屋を送らなかった理由は明白だ。おそらく、自分の手で決着をつけたがっている。父殺しの罪を犯すことを恐れてはいない。

「……ほう、それもあるね。ウラジーミルならそうしたかったのかもしれんが、父殺しの罪はあまりにも大きい。腹心の部下に任せたのだろう」

「スタニスラフが誰かに買収された可能性が高い。調べてください」

スタニスラフが裏切ったのか、誰かに脅迫されていたのか、ウラジーミルのための偽りか、極秘の策を練っていたのか、藤堂は見当もつかないが、大きな隠謀が渦巻いていることは間違いない。

「藤堂、残念ながら調査済みだよ」

スタニスラフは私の息子のようなもの、とパーベルは独り言のようにポツリポツリと続けた。次男の妻がスタニスラフの姉だ。

「スタニスラフが自白したのはつい先ほど。調査している時間はなかったでしょう」

「実は前々からきな臭い情報を仕入れて、内々に調べさせていた。ヴォロノフとの内通の証拠も摑んでいる。ウラジーミルをどうするか、思案していたところにスタニスラフの告発だ」

パーベルに語られた経緯に、藤堂は作為的なものを感じた。皇太子の廃嫡を目論《もくろ》む罠だ。

「イジオットは破滅の道を進みますか？」

「藤堂に日本攻略のカミカゼになってほしかったのに残念でならんよ。最期は串刺し刑でウラジーミルの部下に思い知らせておくれ」

すまない、とパーベルは沈鬱《ちんうつ》な顔つきで謝罪した。

「串刺し刑ですか」

昨日、窓から見えた串刺し刑の意味を理解する。あれはウラジーミルに対する警告も含まれていたのだろう。

「ウラジーミルを公開処刑するわけにはいかんし、助けるわけにもいかん……始末するが、ウラジーミル派の同志たちは助けたい。可哀相《かわいそう》だが、許しておくれ」

じんわり、パーベルの目が涙で潤んだ。

「俺が串刺し刑になれば、ウラジーミルの部下たちも恐れをなし、恭順の意を示すでしょう」

「そうだよ。よくわかっているね」

「ウラジーミルの処刑法は？」

「銃殺に決まった」

「処刑人は誰が？」

専門の死刑執行人がいると聞いているが、藤堂はあえて苦しそうに尋ねた。少しでも時間を稼ぎ、情報を引きだしたい。

「次期ボス最有力候補になるセルゲイじゃ」

「セルゲイに兄殺しをさせますか？」

「イジオットの掟《おきて》ぞ。……まぁ、実際、セルゲイの部下が手を下す」

末弟が新しい皇太子になるという儀式のひとつ、とパーベルは暗に匂《にお》わせている。なんとしてでも、ウラジーミル派を抑え込みたいのだろう。

「ピョートル大帝が皇太子にしたように、処刑前に拷問がないとはお優しい」

藤堂が皮肉を飛ばすと、パーベルは手を振った。

「藤堂、時間稼ぎかね？　ウラジーミルを拷問していたら、その間に部下たちが暴動を起こすかもしれない。始末するなら直ちに」

案の定、パーベルには見透かされた。誇り高い冬将軍が拷問されていたら、誰かが命をかけて救いだすと踏んでいたのだ。帝政ロシアではなくロシアン・マフィア時代だから、いくらでも救う手はある。

「そうですか」

「命乞《いのちご》いはしないのかい？」

「俺の串刺し刑が決定したのなら、ピョートル大帝が蘇《よみがえ》っても覆せないでしょう」

……もう、ここで俺が時間稼ぎしてもウラジーミルは助からない。

下手に俺が生きていたら、ウラジーミルは逃げるチャンスがあっても逃げようとしないだろう。

ウラジーミルは俺を置いて逃げない。

きっと被弾しても俺を助けに来る。

不思議だ。

今までさんざん騙され、裏切られてきたのに、こんなことでウラジーミルを信じているのだから、と藤堂は胸裏で自嘲《じちょう》気味に呟いた。

「潔いサムライだね」

「俺は小汚い虫けらです」

「サムライは謙遜《けんそん》しすぎだよ」

パーベルはロシア語で警備兵に指示を出すと、悠々と出ていった。入れ替わりに、陰険な人相の処刑人が現れる。

処刑人はひとりではなく五人いた。ひとりは長い杭《くい》を持ち、ひとりは大槌《おおづち》を握っている。それぞれ、目はぎらついているし、下卑た笑いを浮かべている。まるで獲物を前にした野獣だ。

ロシア語で口々に侮辱されているとわかったが、そんなことはどうでもいい。彼らにとって、東洋人の愛人は唾棄《だき》すべき対象だ。

藤堂は両手を拘束されたままうつ伏せにさせられ、最奥に潤滑剤のようなものを垂らされた。長い杭が進みやすくするためだろう。

肌に残るキスマークや腫《は》れ上《あ》がった秘所を覗き込み、ロシア語で興奮気味に喋《しゃべ》っている。

グッ、と長い杭が秘部に当てられた。

このまま大槌で叩《たた》かれ、奥に進むのだろう。

……こういう死に方か。

最期はロシアで串刺し刑か。

俺らしいのかもしれない、と藤堂は覚悟を決めて全身の力を抜き、長い杭を受け入れようとした。

それなのに、突如、長い杭が外された。

処刑人たちの鼻息や呼吸が異常なくらい荒い。

カチャカチャカチャ、ジーッ。

ベルトを外す音やファスナーを下ろす音が聞こえてきた。それもひとりやふたりではなく何人分も。

壁際にいた警備兵は目の前に立ち、怒張した男根を取りだした。大槌を手放した処刑人は、藤堂の鼻先に自身の分身を突きつける。

グイッ、と物凄《ものすご》い力で腰を掴まれ、藤堂は全身を強張《こわば》らせた。これから何が行われるのか、尋ねなくてもわかる。

廃嫡された皇太子の愛人には、鞭打《むちう》ちの拷問ではなく輪姦《りんかん》だ。パーベルも想定外かもしれないが、知ったとしても罰したりはしないだろう。ひょっとしたら、想定内かもしれない。口では詫《わ》びていたが、狡猾《こうかつ》な老臣の心肝は深い霧に包まれている。

ロシア語で何か言われたが、藤堂は無言で返した。怯えもしないし、泣きもしないし、媚《こ》びたりもしない。凄腕《すごうで》の女性スパイならチャンスとばかり、ここで誘惑し、脱出するのだろうか。

目を閉じれば、浮かぶのは元紀ではなくウラジーミルだった。耳に木霊する声も豪快な関西弁ではなく冷たい日本語。

……ウラジーミル、俺の声が聞こえるか？

君は死神がスポンサーについた冬将軍だ。

隙を突いて逃げたまえ。

命さえあれば、君は復活できるだろう。

スタニスラフが裏切ったのか、裏切っていないのか、裏で何があったのか、俺には見当もつかない。

ただ、俺は串刺し刑になっても恨まない。

できるなら、一思いに死にたかったが構わない。

君が望むような愛し方はできないが、君を裏切らずにすんでよかった。

ウィーンで誓ったまま逝ける、と藤堂は心の中でウラジーミルに別れを告げた。東京の元紀にも別れの挨拶をしようとした矢先。

鋼鉄の扉がけたたましい音を立てて開くや否や銃声だ。ズギューン、ズギューン、ズギューン、と絶え間なく。

ナイフが飛ぶ音、血が飛び散る音、ロシア語の罵声や呻き声。

藤堂に男根を向けていた警備兵や処刑人たちは血の海を作る。これらはほんの一瞬の間で、藤堂は周囲を見回す間もなかった。

怒髪天《どはつてん》を衝《つ》いた冬将軍がマシンガンを構えている。背後には血化粧をしたイワンや兵隊たちがいた。

ふわり、と藤堂の身体《からだ》に毛皮のコートがかけられる。両手も自由に動かせるようになった。

「よくも俺のものに……」

ウラジーミルのすべてを凍らせるような声が聞こえた瞬間、凄まじい力で抱き締められた。

「ウラジーミル、無事だったのか」

……さすが、冬将軍。

やはり、冬将軍、と藤堂は改めて勝ち続けている男に感心した。悪運の強さでは眞鍋《まなべ》の昇り龍と張り合うだろう。自分でもまったく理解できないが、妙な高揚感も抱いた。

ウラジーミルの無事が心の底から嬉《うれ》しい。傲慢《ごうまん》な皇太子が死なない限り、自由になることができないとわかっているのに。

「スタニスラフの裏切りだ」

ウラジーミルは冷徹な声で、腹心の裏切りを告げた。ショックなのか、予期していたのか、判断ができない。身近な者でも裏切る、という思いが、孤独な皇子の根底に流れているからだろう。

「スタニスラフが裏切ったのか」

スタニスラフはウラジーミルに心酔していたように見えた。藤堂は今さらながらに自分の甘さを痛感する。

「あぁ」

「君はボスの暗殺を命じていないな？」

藤堂が確認するように尋ねると、ウラジーミルは淡々とした調子で肯定した。

「あぁ」

「理由は後で聞く」

ウラジーミルの背後から血塗《ちまみ》れのマクシムが現れ、藤堂用の新しい衣服を差しだした。眉目秀麗《びもくしゅうれい》な文官もいつになく戦う男の目をしている。藤堂を守れなかった後悔と屈辱が大きいらしい。

そんな心情が伝わってくるので、藤堂は優しくマクシムの肩を叩いた。ありったけの感謝の気持ちを込めて。

その途端、マクシムの目から滂沱《ぼうだ》の涙が滴り落ちる。本人は日本語で言っているつもりだろうが、ロシア語だからわからない。それでも、マクシムの感情はひしひしと伝わってくる。

マクシムが無事でよかった、と藤堂が宥める前に、ウラジーミルが今後の予定を明かした。

「ネステロフ城を爆破する」

冬将軍は全面戦争に踏み切るつもりだ。

イワンをはじめとする力自慢の兵隊たちは賛同している。イジオット本拠地にはボスの本妻や愛妾《あいしょう》家族など、非戦闘要員が多く暮らしているから全面戦争となれば、戦い慣れたウラジーミル勢は有利かもしれない。

しかし、どんなに前向きに考えても無謀だ。ウラジーミルに加勢する勢力がなければ、たとえボスの首を晒《さら》しても天下は続かない。せいぜいナポレオンの百日天下、妥当なところで光秀《みつひで》の三日天下……否、ボスは極秘の抜け道から脱出するだろう。藤堂は脳内で素速く何種ものシナリオを書き上げた。

ウラジーミルを助けるため、一旦、引くしかない。

「やめたまえ。脱出し、態勢を整えてからボスと向き合うべきだ」

「マクシムと同じ意見か」

明達な文官も全面戦争に反対したと知り、藤堂は優艶《ゆうえん》に微笑《ほほえ》んだ。

「スタニスラフも裏切る前なら、俺の案に同意していただろう」

「ここでやらなければ負ける」

ウラジーミルも薄氷を踏むようなイジオット生活を送ってきたのだろう。それ故の決意かもしれないが、時にひとつの裏切りが大きな裏切りを招く。戦車隊や戦闘機の応援があっても賛同はできない。

「ここで戦っても不利だ。……君にウィーンで永遠の愛を誓ったのは誰だ?」

「藤堂だ」

「君に永遠の愛を誓った俺の意見を聞きたまえ」

藤堂がウィーンの誓いを逆手に取ると、ウラジーミルは年相応の若者のように口を大きく開けた。

……ウラジーミルもこんな顔をするのか、と藤堂は笑いそうになったがすんでのところで思い留まる。

「マクシム、脱出経路は？」

藤堂はウラジーミルから同じ意見の文官に視線を流した。すでに涙は上着の袖《そで》で拭《ふ》いている。

「藤堂、任せてくれ。こっちだ」

マクシムもウラジーミルを無視し、藤堂に向かって手招きする。

当然、藤堂はウラジーミルの腕を振り切り、マクシムとともに石牢から飛びだした。ほの暗い石の廊下には警備兵の死体が累々と転がり、冬将軍の襲撃の荒々しさを物語っている。

……これは……眞鍋の特攻は控えめだったのだな、と藤堂は苛烈《かれつ》な眞鍋の襲撃を思いだした。

血の海に浸る死体の数や撃ち込まれた銃弾の数が違う。石の壁にこびりついた内臓の破片や、半分になった頭部や真っ二つに裂けた胴体には気分が悪くなる。

思わず、藤堂は手で口を押さえた。

「……っ」

「ヤマトナデシコ、大丈夫？」

「……大丈夫だ」

死体は見慣れたはずなのに、と藤堂は胸底で自虐気味に呟いた。何より、もはや覚えていないぐらい人命を奪っている。

藤堂とマクシムの後をウラジーミルや兵隊たちも追ってきた。イワンがロシア語で騒ぐが、マクシムは振り返ったりはしない。目の前に並ぶ扉を無視し、石の廊下を疾走した。

「マクシム、ここは牢屋だな？」

「そうだよ。侵入者は最新式の監獄だけど、裏切り者や裏切り者の関係者は昔ながらの地下牢なんだ」

突き当たりを曲がると、右手に鉄の檻《おり》があった。ここも石牢だ。幼い子供たちが何人も投獄されている。鉄の柵《さく》の向こう側に明かりはないが、子供たちが泣きじゃくっていたことは明らかだ。

「……あ、子供たちがいる？」

あまりの痛々しさに、藤堂は足を止めた。

「藤堂、裏切った元幹部の関係者だ」

マクシムの表情から、先日、公開処刑された元伯爵の元幹部を思いだした。肉塊と成り果てた屍《しかばね》は未だ埋葬されず、晒されているという。

「公開処刑された元幹部の子供たちか？」

「姪《めい》や甥《おい》もいると思う。裏切っていたのは元幹部だけじゃなかった。側近や弟も裏切っていたから」

　基本、裏切り者の妻子や父母は何も知らなくても許されないという。裏切りの内容により、微妙に変わるらしい。

「この子たちは裏切り行為に加担していないだろう」

「しょうがないよ。掟だ」

　見せしめも兼ねているのだろうが、裏切り者への粛清は未だに続いている。近親者の行き先は一筋の光も見えない生き地獄だ。

「この子たちはどうなる？」

「ここに保管されているから、そろそろ出荷されるんじゃないか？」

　マクシムの言い草に、藤堂の神経はひりついた。知《し》らず識《し》らずのうちに、左右の腕が震える。

「子供たちを出荷？」

「貿易だ」

　イジオットは麻薬や銃器の売買のほか、臓器売買や人身売買も世界的な規模で展開している。特に美しいスラブの子供は高値がつくという。藤堂も人身売買が公然と行われているのは知っていた。

「イジオットはマフィアだったな」

一秒も立ち止まっている余裕はないが、藤堂はきつい声音で非難した。檻から縋《すが》るように小さな手が伸びてきたから耐えられない。

「優しいヤマトナデシコは助けたいの？」

「子供に罪はない」

「元幹部はヴォロノフに内通していた。この子たちを助けたら、ウラジーミルもヴォロノフと内通していると思われるよ」

マクシムに厳粛な事実を突きつけられ、藤堂は瞬時に言い訳を考えた。要はイジオットを潤せばいい。

「利益が見込めそうだったから、俺が子供たちを横取りした。謝罪として、それ相応の金を支払う」

藤堂にはスイスのシュタイン銀行に資産がある。無一文の囲われ者ではない。

「ヤマトナデシコの優しさに感激する。ウラジーミルに可愛《かわい》くおねだりして」

マクシムにウインクを飛ばされ、藤堂は仏頂面のウラジーミルを見上げた。

「ウラジーミル、永遠の愛を誓った俺にプレゼントを贈ってほしい」

「藤堂、甘すぎる」

「それは思い知った」

無視して通り過ぎることができない、と藤堂は胸中で零《こぼ》しながら檻から伸びる小さな手

に触れた。

その瞬間、ぎゅっ、と小さな手で握り返される。

子供の年齢は判断できないが、一歳か二歳か、三歳にはなっていないだろう。ロシア語で『ママ』と泣きじゃくる。

藤堂は幼児の手を握ったまま、顰《しか》めっ面《つら》のウラジーミルの頰《ほお》にキスをした。

その途端、ウラジーミルの周りの空気が変わる。激昂《げきこう》していた眞鍋の昇り龍が恋女房にキスされた時のようだ。

「ウラジーミル、この子供たちを俺に与えてくれ」

俺はいったい何をしているんだ、と藤堂は自分自身に呆《あき》れつつも、瞼《まぶた》に残る眞鍋組二代目姐《あね》を意識して頼んだ。

勝負は呆気《あっけ》ないぐらい簡単についた。

ウラジーミルは固い顔でイワンたちに顎《あご》を決《しゃく》る。屈強な戦闘兵は嬉しそうな顔で子供たちの檻を破壊した。

イワンがロシア語で宥めるように話しかけると、子供たちは泣きながら飛びつく。ほかの兵隊も、嗚咽《おえつ》を零す子供を雄々しい腕で抱き締めた。同じ組織内、お互いに顔見知りもいるようだ。

藤堂の手を幼児は決して放そうとはしない。そのまま藤堂の胸に甘えるように飛び込んできた。

「……彼らも子供たちを助けたかったんじゃないか」

藤堂が独り言のように零すと、ウラジーミルの眉間《みけん》の皺《しわ》が深くなったが、マクシムはしゃくり上げる子供を満足そうに抱いた。

「ヤマトナデシコ、ありがとう」

マクシムの謝辞にはイワンをはじめとする兵隊たちの気持ちも含まれている。ある程度、育っている子供は理解できるのか、藤堂に向かってロシア語で礼を言った。

もっとも、礼を言われるのは早い。

「お礼は後だ」

藤堂が注意するまでもなく、マクシムは保護した子供を抱いて進みだした。

だが、一分も経《た》たないうちに、保護した子供たちが騒ぎだした。左手にある檻に子供たちの母親や姉、親戚《しんせき》が投獄されていたからだ。

「……まだ、出荷されていなかったんだ。兵隊たちに与えたんだな」

マクシムは元幹部の女性関係者が石牢に投獄されていた理由を口にした。どの女性も露《あらわ》な下着姿で絶望しきっているから、その身に何が行われていたのかわかる。だからこそ、残されていたのだ。

「元幹部の奥方と愛人もいるのか」

憔悴《しょうすい》しきった女性たちの中に、丸坊主の女性を発見した。公開処刑の時、引き立てられた元幹部の妻と若い愛人だ。

藤堂が抱いていた幼児は嬌艶《きょうえん》な若い愛人を見た瞬間、小さな手足をバタバタさせて泣きだす。若い愛人も檻から手を伸ばした。

「藤堂、その子は元幹部と愛人の子だ。不発弾より危ない」

マクシムに嗄《か》れた声で言われ、藤堂は悪徳商人を意識して微笑んだ。

「元幹部と愛人の子なら金になる。女性たちも金になる」

「ヤマトナデシコは優しいね」

「イワンたちも助けたいようだ」

「イワンの遠い親戚の娘や孫がいる……あ、レオニードの親友のお姉さんと妹がいる……うわ、彼女はヨシフのお姉さん……」

石牢にはウラジーミルの兵隊たちと関係のある女性もいた。藤堂はウラジーミルを横目で眺めながら言った。

「ウラジーミル、永遠の愛を誓った俺の希望を叶《かな》えてくれるな」

「甘い奴《やつ》」

「甘い奴を手元に置きたがるのは誰だ?」

ウラジーミルがロシア語で悪態をついたが右から左に流す。

女性と子供たちが足手まといになるのはわかっている。もしかしたら、一緒に捕まり、陰惨な拷問を受けるかもしれない。

けれど、藤堂は迷わずに視線でマクシムやイワンに指示した。

檻を破壊するのも、女性たちが飛びだすのも、さして時間はかからない。藤堂は抱いていた幼児を若い愛人に手渡した。

ロシア語で礼を言われ、藤堂は首を振る。問題はこれからだ。

イワンやほかの兵隊たちは幼い子供たちを両脇《りょうわき》に抱えたり背負ったり、衰弱している女性を支えたりして、石の廊下を疾走する。藤堂は死体から奪った拳銃《けんじゅう》を手に、ウラジーミルとともに走る。地下牢に残された女性や子供はひとりもいない。

石の廊下を真っ直《ます》ぐに進むと、鷲《わし》の紋章が刻まれた壁に突き当たった。……いや、左右に薄暗い石の廊下は続いている。右手の廊下にも左の廊下にも無数の骸骨《がいこつ》が転がっていた。

マクシムは躊躇《ためら》わずに右手を進み、石の階段を駆け上がる。藤堂も女性や子供たちに気を配りつつ走った。

ようやく石の階段を上りきり、鉄の扉の向こう側に出た。

何かいる、物音がする、と藤堂は全神経を研ぎ澄ませて拳銃を構える。……が、その必要はなかった。

古い暖炉の前、真っ白な大型犬が三匹、じゃれあっている。人慣れしているのか、突如として現れた団体に吠《ほ》えたりはしない。

「……犬か」

藤堂が安堵《あんど》の息を漏らすと、マクシムが小声で説明した。

「ボスは犬好き。たくさん飼っているよ」

「番犬か？」

「毒味役も兼ねているみたい」

孔雀石《くじゃくいし》が多く使われた部屋を突き進もうとした矢先、グリフォンの彫刻の向こう側から武装した警備兵が出現する。鷹揚《おうよう》に登場したのは皇帝の弟だ。

「これこれ、ウラジーミル、やりすぎだ」

どこにでもいる叔父が血気盛んな甥に話しかけるムードだ。

「アレクサンドル、俺の前に立つのか？」

俺の前に立つことがどういうことかわかっているのか、とウラジーミルは背後に冬将軍を浮かび上がらせた。

もっとも、アレクサンドルは鷹揚に微笑んでいる。控えている警備兵たちとは雲泥の差だ。

「ボス殺し計画もヴォロノフ密約も見逃せない」

「スタニスラフが誰に買収されたのか調べろ」

「おやおや、スタニスラフにすべての罪をなすりつける気か？」

ピョートル大帝に逆らって亡命した皇太子も側近たちに罪をなすりつけたよ、とアレクサンドルは皮肉っぽくロマノフ史に触れる。ロマノフ史上、低評価の皇太子と並べてウラジーミルを侮辱したのだ。

「調べる気がないのか」

「調査済みだ」

「アレクサンドルの罠か？」

ウラジーミルは煽《あお》るようにボスの弟に疑いをかけた。ジリジリと距離を詰める警備兵たちは一顧だにしない。

「言いがかりも甚だしい」

「アレクサンドルの野心は昔から知っている」

「話にならないよ」

アレクサンドルが腹立たしそうに手を振った時、藤堂は壁に飾られている肖像画の目が光ったことに気づいた。

隠しカメラか。

……いや、違う、と藤堂は焦点を定めた。

その瞬間、肖像画の目から銃弾が発射された。

ズギューン、ズギューン、ズギューン。

三発の銃声とともに血の臭《にお》いが広がる。

ウラジーミルが狙われたのは確かだ。間一髪、ウラジーミルは迫っていた警備兵を盾にした。

三発の銃弾を食らった警備兵の瞳孔《どうこう》は開ききっている。

ドサッ、とウラジーミルはアレクサンドルの足下に盾にした警備兵を投げた。保護した女性たちは悲鳴を上げ、子供たちはいっせいに泣きだすが、あやしている暇はない。

「アレクサンドル、ここを爆破する。死にたくなきゃ、逃げろ」

「いくら暴れん坊の坊やでも……」

アレクサンドルの言葉を遮るように、どこからともなく爆破音が響いてきた。続いて、華麗な晩餐会《ばんさんかい》や定例会が開催される主塔からも。

アレクサンドルが率いている警備兵たちが狼狽《ろうばい》した。特にウラジーミルに接近していた警備兵は、銃器を構えた体勢で右往左往している。マクシムやイワンがロシア語で揺さぶりをかければ、さらに警備兵たちは滑稽《こっけい》なくらい慌てた。

「さっさと逃げろ」

ウラジーミルは別れの挨拶をすると、藤堂に視線で合図をしてから走りだした。叔父に対する尊敬の念は微塵《みじん》もない。

「ウラジーミル、城内に爆発物を仕掛けていたのか？」

藤堂が響きのない声で尋ねると、ウラジーミルはなんでもないことのように答えた。

「あぁ」

「まさか、ボス夫妻の居住区には仕掛けていないな？」

「時間がなかった」

「爆発物を仕掛ける隙がなかったんだな。よかった」

「行くぞ」

孔雀石の間を通り抜け、東洋の陶磁器が集められたコレクションルームを横切る。無我夢中で黄金と琥珀が贅沢《ぜいたく》に使われた廊下をひた走った。藤堂はどこをどのように進んでいるのか、まったくわからない。ただただ広い背中についていくだけだ。

「ウラジーミル、武器庫に爆発物を仕掛けていないな？」

「藤堂、黙って走れ」

「爆発物を仕掛けたのはウラジーミルの居住区だけであることを願う」

廊下の突き当たりにあった扉を通り抜ければ、真っ白な雪に染められた森林だ。広大なネステロフ城の一角であり、庭園のほんの一部だが、藤堂の目にはどこかの森林にしか見えない。保護した女性や子供たちは死に物狂いでついてきた。

雪は降っていないが、藤堂は寒さに震えながら進む。

「藤堂、怖いのか？」

ウラジーミルに心配そうに尋ねられ、藤堂は凍りそうな口を必死に動かした。

「寒いだけだ」

「寒い？」

「ロシア人とは耐寒温度が違う」

「前もそんなことを言っていたな」

ウラジーミルは氷の女王から守るように藤堂の肩を抱いた。暴戻な冬将軍とは思えない優しさだ。

しかし、藤堂は感謝していられない。

殺気だ。

雪化粧が施された菩提樹《ぼだいじゅ》の陰にハンターたちが潜んでいた。狙っているのは、鴨《かも》や狐《きつね》ではない。

マクシムが悲鳴に似た声を上げた。

「……あ、アレクサンドルお抱えの殺し屋トリオだっ」

ウラジーミルはマシンガンを発射し、藤堂は拳銃で確実に狙った。一発目で命中したようだ。

アレクサンドル自慢の殺し屋が三人、白銀の世界を朱に染める。

「いい腕だ」

マクシムやイワンが驚嘆したが、それどころではない。限界を超えたのか、石牢から助けだした女性や子供たちの大半は気を失っている。気力だけで保《も》っている女性もそろそろ卒倒しそうだ。

「マクシム、女性や子供たちが危ない」

藤堂が極寒に耐えながら言うと、マクシムは足を止めずに答えた。

「藤堂、あと少し。僕の弟たちが滑走路を占拠しているからね」

こっちのほうが兵隊は少ないと思ったけど大当たり、とマクシムは独り言のように続けた。白銀の世界を徒歩で逃げることもあえて選んだらしい。

「ジェットも確保しているのか？」

「うん、ジェットやヘリに乗り込んだ途端、襲撃されたりはしないと思う。先に押さえたから」

「この悪天候でジェットを飛ばせるのか？」

「これぐらい平気だよ」

森林はどこまでも続くと思われたが、意外にも早く滑走路に辿り着いた。広大な城内の一角にある飛行場だ。ウラジーミルはボスの見舞いに向かう途中、異変を察し、マクシムの弟が率いる精鋭部隊に脱出経路を確保させていたという。最初から、全面戦争と脱出、ふたつのケースを用意していたようだ。直情型の猪《いのしし》武者《むしゃ》に見えるが、きちんと押さえるところは押さえている。

五機の飛行機にそれぞれ分かれて乗り込む。どれにウラジーミルが乗り込んだのか、イジオット側に悟られてはいけない。追跡できないように、ほかの残りの飛行機やヘリコプターは爆破した。

当然のように、藤堂はウラジーミルと一緒だ。

「ウラジーミル、いったいどれだけ爆発物を仕掛けていたんだ?」

藤堂は火の手が上がるネステロフ城を空から見下ろす。まさか、こんな形で去るとは思わなかった。

ウラジーミルの氷の美貌《びぼう》に感情は見えない。

一時も気が抜けない闘いの幕が上がった。

6

藤堂《とうどう》とウラジーミルを乗せた飛行機はトルコを経由し、ドイツに向かった。ほかの飛行機やヘリコプターも追跡の目を誤魔化すためにできる限りの手を打つ。パリやミラノ、リスボンに詰めていたウラジーミルの部下たちも臨戦態勢に入っていた。すでにフリーの兵隊や殺し屋を雇い入れ、各所に配置しているという。

ドイツ、プロイセンの地にあるウラジーミル所有の古城に落ち着いた。華美な造りではなく、本来の要塞《ようさい》としての役割を如実に表している。双頭の鷲《わし》の紋章が各所に見られ、藤堂はなんの気なしに尋ねた。

「ハプスブルグ家に縁《ゆかり》のある古城か？」

藤堂の質問に答えたのは、肩を抱いているウラジーミルではなく背後のマクシムだ。

「そうだよ。ロマノフ家縁の城じゃなくてハプスブルグ家縁の城なんだ」

「そういえば、ロマノフ家の源流はロシアではなくプロイセンだったな」

長い間、欧州の中心だったハプスブルグ家の源流は、オーストリアでなくスイスである。同じく、ロマノフ家の始祖もロシア生まれではなくプロイセン生まれだ。

「新妻、よく知っているね。十四世紀初頭、ドイツ貴族のコブイラ家がロシアに移住して、息子の代でコーシュキン家に改姓して、その五代目のロマン・ユーリエヴィチがロマノフに改姓したんだ」

博学な文官は得意気にロマノフ家のルーツを語った。

「リューリク朝のイワン雷帝の時代か？　ロマン・ユーリエヴィチの娘がイワン雷帝の皇妃のアナスターシャだったな？」

ロマノフ家が歴史の表舞台に登場したきっかけは英明な美人令嬢だ。ロシアで初めて正式に戴冠《たいかん》した君主がイワン四世ことイワン雷帝だから、必然的にロマノフ家の令嬢が初めての皇妃である。癇癪《かんしゃく》持ちのイワン雷帝を巧みに支えた賢女であった。無残にも毒殺されていなければ、イワン雷帝の残虐史は綴《つづ》られなかったかもしれない。

「新妻、いいよ。その通り、それなら嫁いびりされない。新夫の家系ルーツは覚えてね」

……あ、新妻の新しい夫は新夫？」

「そういえば、新妻は聞いても新夫は聞かない」

「どうして？」

「専門家に聞いてほしい」

藤堂とマクシムの会話をウラジーミルは無言で聞いている。イワンをはじめとする側近や古城の管理責任者はどこか楽しそうだ。

どっしりとしたウォールナットのテーブルには、サリャンカという酸味のきいたスープやヴィニグリェートというビーツを使ったサラダとともに骨付きの豚肉を長時間煮込んだアイスバインや何種類ものヴルストが並べられた。山盛りのポテトと黒パンが半端ではない。ロシア料理とドイツ料理が絶妙に混ざっている。

古城の管理責任者は、冷戦を生き抜いた老夫婦であり、ウラジーミルに終世の忠誠を誓っているという。イジオットを敵に回した者たちにありったけの愛を表現した。「食べろ、食べろ」のジェスチャーに熱が入っている。

血なのか、ウラジーミルはプロイセンの古城にしっくり馴染んだ。イジオットの追っ手の気配はない。

安心できないが、人心地つく。

藤堂の前に山盛りの塊肉とポテトが置かれた夕食後、石牢《いしろう》で保護した女性や子供たちも別ルートでやってきた。全員、無事だから、藤堂はほっと胸を撫《な》で下《お》ろす。

元幹部の若い愛人に抱かれた幼児にキスをされ、藤堂の頰《ほお》は自然に緩んだ。

ウラジーミルは興味がないのか、照れているのか、理由はわからないが、風のように無視していた。その反面、マクシムやイワンたちは目頭を熱くしている。

ほかの子供たちは必死になって覚えたらしい日本語で礼を言った。

「ニイヅマ、アリガトウ」

「ヤマトナデシコ、アリガトウ」

「サムライのメイドさん、アリガトウ」

子供たちの謝辞に不穏な言葉が混じるが、藤堂は右から左に流す。

今後について話し合うべきだが、女性や子供たちの心身疲労が大きいから後だ。おそらく、どの女性や子供たちも身体《からだ》以上に心に深い傷を負っている。古城の管理責任者は大きな愛で女性や子供たちを包み込んだ。

イジオットにはこれといった動きがない。前回のウィーン逃亡の時のように、ウラジーミルの影武者が立ってもいなかった。脱出の際、爆破した塔や倉庫はロシアとは思えないぐらいの急ピッチで修復しているらしい。

ウラジーミルは何事もなかったかのように藤堂の肩を抱き、ウオッカを瓶のまま飲んでいる。ドイツ産のワインやビールも用意されたが、見向きもしない。ただ、ヴルストは何本も摘まんだ。

藤堂はドイツワインで喉《のど》を潤す。日本に輸入されていないワインだが、フルーティで喉越しがいい。

……これ、女性が好きそうだ、売れる、と藤堂は現実逃避のようにワインを楽しんだ。

けれども、普段と変わらないふたりの姿が部下たちに安心を与えたのだろう。誰ひとりとして浮き足立たず、各所に適切な手を打っていた。

人気フィギアスケーターによく似た兵隊が、藤堂にも理解できるように英語でウラジー

裏切りはパリで
龍の宿敵、華の嵐
樹生かなめ
イラスト 奈良千春
特別番外編
駆け落ちの後始末
NOT FOR SALE
ホワイトハート 講談社X文庫
※無断複写・複製・転載・アップロード・転売を禁じます。

裏切りはパリで　龍の宿敵、華の嵐

特別番外編　駆け落ちの後始末

ソビエト連邦が解体してもイジオットはマフィアのままだったが、ロマノフの矜持を脈々と受け継いだ大帝国でもある。時代錯誤と揶揄されても決して揺らがない。

ウラジーミルは非の打ち所のない皇太子であり、各国の闇組織にも恐れられる次期総帥最有力候補だ。

けれど、マクシムはウラジーミルの生い立ちが闇に包まれていることを知っている。だからこそ、初めての愛人を囲った時は歓喜に咽び泣いた。心から祝福していたのに、降って湧いたような駆け落ち騒動には驚愕した。それも城を爆破し、影武者を使って死亡したように見せかけたから。

ウラジーミルと藤堂がこんなに思い詰める類だなんて知らなかった、とマクシムは痛恨の思いに苛まれた。

ボスやパーベルといった幹部たちも驚いたようだが、ウラジーミルに反逆者の烙印は押さない。イジオットは冬将軍を必要としている。

「……ウラジーミルと藤堂の愛を誰も反対していない。藤堂の新妻姿をみんなで楽しみにしているのに……どうして、駆け落ち……」

マクシムが涕涙で頰を濡らすと、レオニードに力強く抱かれた。ウラジーミルの側近同士、同じ悲哀に苦しんでいる。

「マクシム、同じ気持ちだ。ウラジーミルと藤堂を祝福していたのに駆け落ちとは……」

駆け落ちしたウラジーミルの代わりとして、セルゲイが影武者に立ち、イワンやスタニスラフが上手くフォローしている。マクシムやレオニードは爆破された城の後始末だ。

「レオニード、僕はウラジーミルと藤堂が苦しんでいるとは知らなかった。結婚したかったんだよね」

マクシムは愛読している日本の漫画を脳裏に浮かべた。駆け落ちの理由は明白だ。

「結婚式を挙げさせてあげればよかった」

「ロシアでは無理でもパリやウィーンなら

……あぁ、それでふたりはウィーンに駆け落ちしたのか」

ウラジーミルと藤堂は駆け落ち先のウィーンで、新婚夫婦のように寄り添う日々を送っていたという。パーベルの息子の報告に、マクシムはレオニードとともに血涙を絞った。

『冬将軍も堕ちたもんだ』という雑音は無視する。

「ボスもパーベルも認めている。誰も反対していないのに、何故、結婚ができない?」

レオニードに怪訝な目で問われ、マクシムは国柄と皇太子に冷淡な皇妃に言及した。

「ロシアだし、オリガがいる」

「……あ、オリガは反対しているよな?」

「ウラジーミルがタチアナを捨てたこと、オリガは今でも許していない」

マクシムがウラジーミルの元婚約者に触れると、レオニードは甘く整った顔を歪めた。

「そんなの、タチアナはアレクセイと結婚したじゃないか」

「……今でもタチアナはアレクセイが生きていた頃からウラジーミルを愛している」

マクシムは昔からなんでも長兄と張り合う次男を知っていたし、タチアナの未練にも気づいていた。

「まさか、タチアナをウラジーミルと結婚させようとしている?」

レオニードが思い当たったように目を瞠ったが、マクシムは真顔で手を振った。

「いくらなんでもそれはない。タチアナはウラジーミルの義理とはいえ妹だ」

「弟の嫁を奪った幹部の話を聞いたばかり」

好色な幹部が実弟の花嫁を愛人にした噂が流れたが、表立っては誰も非難しない。ロマノフの時代からそういう風潮だ。

「僕も聞いた。胸が悪くなった」

「二年前か、三年前か? 部下の婚約者を無理やり奪った話を聞いて胸が悪くなった」

レオニードが憎々しげに言った話には、マクシムも覚えがある。幹部のメンシコフ伯爵家当主が、部下の美しい婚約者を強引に自分の愛人にしたのだ。

「……あ、メンシコフ?」

マクシムが名を出すと、レオニードは肯定

するように相槌を打つ。

「エレーナとドミトリーは今でも愛し合っている。お互いに忘れられないみたいだ」

エレーナの美女ぶりとドミトリーの勇猛さはイジオット内でも評判だった。しかし、相思相愛のカップルを引き裂いた幹部に注意した者はひとりもいない。

「エレーナは子供を産んでいたよね？」

「あぁ、エレーナは赤ん坊を産んで……一歳になったのかな？」

「メンシコフはまた新しい愛人を囲っているよね」

マクシムの瞼には女好きの幹部の姿が過ぎる。エレーナの妊娠中に新しい美女の愛人を囲っていたはずだ。

「メンシコフと違って、ウラジーミルは一途だ」

「うん、ウラジーミルが見ているのは藤堂だけ」

藤堂を見つめるウラジーミルを思いだすだけで、マクシムの胸は甘く痛む。

「愛し合っているふたりには幸せになってほしい」

「……あ、イワンから連絡だ。パーベルやセルゲイがウィーンに向かったよ」

マクシムは通信機器を確認し、レオニードに告げた。ウラジーミルと藤堂を連れ戻すため、パーベルがセルゲイとともにウィーンに発ったという。

「ウラジーミル、帰りたくなくて暴れないかな？」

「結婚式の準備をしているから戻ってきて、って連絡しよう」

「パリなら堂々と結婚式が挙げられる」

「うん、パリだね。藤堂の花嫁さん、絶対に綺麗だよ」

マクシムとレオニードは真剣に、結婚式について話し合った。部下や修復業者たちが指示待ちで待機していても気がつかない。このふたりが責任者だから、なかなか城の修復は進まなかった。

当然、ウィーンの藤堂は知る由もない。

〈了〉

ミルに報告した。なんでも、ロシア銀行のウラジーミルの口座が凍結されたらしい。もっとも、想定内だ。卵は一つのかごに盛るな、という諺《ことわざ》通り、ウラジーミルは潤沢な資金をあちこちに所有している。当然、ロシア系ドイツ人やロシア系アメリカ人やロシア系フランス人など、幾つもの偽名を駆使していた。

桁違《けたちが》い、と藤堂は改めて冬将軍の経済力を知る。ベンツ一台で有頂天になる日本のヤクザとは比べようもない。

ウラジーミルが二本目のウオッカを飲み干した時、イジオット本部が動いた。予想した通り、説得役はウラジーミルの従弟《いとこ》だ。

「ウラジーミル、ニコライから連絡です。応対して」

マクシムはスマートフォンを差しだしたが、ウラジーミルはけんもほろろに拒絶した。

「無用」

「イジオットで唯一、話の通じる幹部だ」

「切れ」

「ニコライがとても心配している」

「裏がある」

ニコライが狡猾《こうかつ》な幹部連中に利用され、ウラジーミルを搦《から》め取ろうとしているのかもしれない。藤堂もウラジーミルが頑《かたく》なに拒む理由がわかる。だが、ニコライの手は決して拒んではいけない。藤堂はいっさい口を挟まず、無言でマクシムとウラジーミルの攻防戦を見守った。

「ウラジーミル、ニコライは信じてもいい」

マクシムはスタニスラフの裏切りにショックを受けていたが、人間不信に陥ってはいない。

「甘い」

家族でも裏切る、身近でも裏切る、誰も信じるな、という冬将軍の深淵《しんえん》の孤独が迸《ほとばし》ったような気がした。神童と賛嘆された皇太子の生い立ちは無情の闇《やみ》に覆われている。

「オタクに悪い奴《やつ》はいない」

マクシムが胸を張って宣言したが、ウラジーミルは呆《あき》れ果《は》てたらしく氷の仮面を被《かぶ》った。藤堂は手にしていたワイングラスを落としそうになってしまう。

「藤堂、藤堂はヤマトナデシコのサムライだからわかるね。オタクに悪い奴はいないよね」

「……その話題は今、出すべきことではない」

下手にそこを突かないほうがいい、と藤堂は肝に銘じている。気付け薬代わりに、ワインを口にした。

「……じゃ、藤堂、代理で『もしもし』して」

マクシムにスマートフォンを押しつけられたが、藤堂は真顔で身を引いた。

「俺は部外者」

「新妻だよ」

「ニコライに証拠を求めたまえ」

ウラジーミルのボス暗殺未遂やヴォロノフ内通の証拠を確かめたかった。捏造《ねつぞう》した者が誰か、判明するかもしれない。ボスの甥《おい》ならば動けるだろう。

「……あ、さすが、新妻、それだ……」

マクシムは感心したように頷《うなず》くと、ニコライにロシア語で捲《まく》し立《た》てた。続き部屋に入ったと思えば、一分も経《た》たないうちに戻ってきた。すでにニコライとの話し合いは終わっている。

「ウラジーミル、藤堂、ニコライからデータを送ってもらった。イワンもみんなも観《み》てよ」

マクシムが大きなモニター画面を操作しながら言った。それなのに、モニター画面には、ロシアで人気沸騰中の日本のアニメが流れる。軽快なテーマソングをBGMに美少女が華々しく変身して、可愛《かわい》らしい必殺技を繰りだした。

「マクシム、データを間違えている」

藤堂が苦笑混じりに指摘すると、マクシムは首を傾《かし》げた。

「……え？　間違えていないと思うんだけどな」

「証拠を求めたのではないのか？」

「せっかくだから、みんなで観よう」

マクシムの提案に呆然《ぼうぜん》としたのは藤堂だけだった。ウラジーミルは関心がないようだが、ほかの兵隊たちは興味津々といった風情で美少女アニメを観ている。イワンまで食い入るように凝視した。

ミニスカートが捲《めく》り上《あ》がる必殺技シーンでは野太い歓声だ。

「僕たちも必殺技を開発したいね」

マクシムが日本語とロシア語で言うと、ほかの兵隊たちは同意するように相槌《あいづち》を打つ。若い兵隊たちは美少女戦士の必殺技を真似《まね》た。揃《そろ》いも揃って金髪碧眼《へきがん》の美形だからシュールだ。

落ち着いているると思ったが違うのか。追い詰められ、前後不覚に陥っているのかもしれない。藤堂は目眩《めまい》を感じたが、あえて深く考えなかった。ロシア人の頭の中は森の中、と。

エンディングテーマが流れ終わった後、いきなり、ネステロフ城の豪華な一室が映しだされた。エカテリーナ一世の肖像画の前、スタニスラフが愁然として頭を垂れている。

「……あ、これは『エカテリーナ一世の間』の……あぁ、隠しカメラで撮影されたスタニスラフだ」

マクシムが声を上げると、兵隊たちはいっせいに息を呑《の》んだ。ウラジーミルの目の色も変わる。

『……ウラジーミルはボスもオリガも恨んでいました。ブルガーコフに誘拐された時のことを恨んでいたのです。オリガにパリで見捨てられたことを恨んでいました』

モニター画面のスタニスラフを眺めながら、藤堂は耳元で通訳してくるマクシムの声に集中した。ウラジーミルの反応を盗み見る余裕はない。

『あの時、隠し扉の小窓からボスを狙撃《そげき》したのはスタニスラフ、君かい？』

パーベルが苦渋に満ちた顔で尋ねると、スタニスラフは肩を震わせて答えた。

『そうです。ウラジーミルの命により、小窓からボスを狙《ねら》いました。誰にも気づかれなかったと思います』

『スタニスラフが狙撃犯だと、誰も思わなかっただろう。……悲しい……正直、驚いたよ』

パーベルの痛嘆に同調するように、アレクサンドルも隣で嘆息を漏らしている。背後の秘書は哭《こく》していた。それだけ、スタニスラフへの信頼が厚かったのだろう。

『恐怖で手元が狂って……外しました。ボスが助かって安心しています』

『私の息子とも思うスタニスラフにボスは殺せない』

『……はい、身に染みました……』

スタニスラフはうなだれ、涙を堪《こら》えるように唇を嚙《か》み締《し》めた。そうして、トーンを落とした声で続けた。

『……ウラジーミルに逃亡するように進言しましたが、ヴォロノフの手を借り、イジオット掌握を計画しています』

対立するロシアン・マフィアの名が飛びだし、藤堂は自分の耳を疑う。

マクシムをはじめとする兵隊たちも声を上げるが、ウラジーミルは冷たい無表情でウオッカを呷《あお》った。

『……ほう、クーデターかい？』

パーベルが困惑顔で聞き返すと、スタニスラフは露と消えそうな風情で言った。

『誇り高きロマノフの皇太子が卑しきヴォロノフの力を借りてまで、玉座を狙うとは情けない。ここに自分の罪を懺悔《ざんげ》し、ウラジーミルを告発します』

『スタニスラフ、よく言ってくれた。辛《つら》かったね』

パーベルが優しく肩を抱くと、スタニスラフは落涙した。アレクサンドルは天を仰ぎ、傍らにいる秘書に手で合図を送る。

エカテリーナ一世の間で撮影されたスタニスラフの自白シーンは終わった。

その瞬間、マクシムやイワンたちがロシア語で泣きながら怒鳴り合う。スタニスラフの裏切りを目の当たりにして逆上したらしい。

続いて、モニター画面にはモスクワの路地裏でスタニスラフがヴォロノフのメンバーと接触する姿だ。ただ単に擦れ違っているように見える。しかし、スタニスラフはさりげなく何か受け取っていた。

また、モニター画面は切り替わり、フランス料理のレストランだ。スタニスラフがひとりで食事をしていると、ヴォロノフの幹部が親しそうに近づいて話しかけた。スタニスラフは無視せず、挨拶《あいさつ》をした。それだけだが、妙なムードだ。

ボスが狙撃される前日、スタニスラフの偽名の口座には多額の振り込みがあった。振り込み主はロシア系アメリカ人の実業家だが、ヴォロノフ関係者だと判明したらしい。極秘に調査したのは、パーベルの長男が率いる精鋭チームだ。

スタニスラフの裏切りは明らかだった。

それでも、藤堂は作為的なものを感じていた。スタニスラフがたとえ裏切っていても、何かが隠されているはずだ。


翌日、山盛りのポテト料理が十種類、大皿のきのこ料理が三種類、ピクルスが五種類、肉と野菜の重ね焼きや発酵キャベツなど、テーブルに所狭しと並べられた昼食を摂《と》った後、ドイツのイジオット支部が動いたという報告がウラジーミル御用達《ごようたし》の情報屋から入った。

事実、ドイツ支部の選抜チームは古城を攻撃しようとしたらしい。ただ、古城に辿《たど》り着《つ》く前、ウラジーミル配下が仕留めたという。ロシアのように遺体を河に放り投げず、きちんと回収してきた。血の気の多い戦闘兵でも、場所柄は考慮しているらしい。

スペインに逃げた部下たちがイジオットに全滅させられたという報告も飛び込んできた。ウラジーミルがスペインに所有していた別荘は灰になったという。

だが、モスクワやサンクトペテルブルグにあるウラジーミル所有の建物や事務所は襲撃されていない。

「どういうこと？　狙うならモスクワやサンクトペテルブルグだよね？」

マクシムが独り言のように漏らしたが、藤堂には答えようがない。イワンは唸《うな》っているが、ウラジーミルは他人事《ひとごと》のようにウオッカを呷っている。

木の扉が鈍い音を立てて開くや否や、白い髭《ひげ》の側近が通信機器を手に大股《おおまた》で近づいてきた。ロシア語で話し終える前に、マクシムやイワンの顔色が変わった。ウラジーミルは馬《ば》鹿《か》らしそうに首を振る。

藤堂の視線に気づいたらしく、マクシムが裏返った声で教えてくれた。

「ヴォロノフがもう聞きつけたらしい。ウラジーミルに共闘を持ちかけてきた」

対立しているロシアン・マフィアにしてみれば、皇太子の離反は願ってもないチャンスだ。冬将軍に協力し、イジオットを制覇させたいのだろう。どこかで牙《きば》を剝《む》くのは火を見るより明らかだ。

「ウラジーミル、断るな」

藤堂が凜乎《りんこ》とした態度で口を挟むと、ウラジーミルの目が鋭くなった。

「断る」

「よく考えたまえ。イジオットと敵対している今、ヴォロノフの手を拒んではいけない」

それでなくても、ウラジーミルにヴォロノフ内通の嫌疑はかかっている。嫌疑が晴らせないなら、利用するしかない。

「ヴォロノフの手口を知らないのか」

「共闘する相手を食い殺す手口は聞いている。本当に手を組まなくてもいい。曖昧《あいまい》な態度で濁したまえ」

藤堂は一呼吸置くと、ウラジーミルからマクシムに視線を流した。

「ヴォロノフにも名の通った側近の誰か、ウラジーミルの代理として交渉したまえ。ただ、決して共闘に賛同してはいけない」

マクシムは光明を見たような表情で手を叩《たた》いた。

「さすが、新妻、そういう手があるか」

「ヴォロノフと手を組まないが、手を拒んだりもしない。のらりくらりと躱《かわ》したまえ。ウラジーミルは共闘に反対しているが、共闘に賛同している部下もいる、とでも……」

ロシア人の二枚舌や三枚舌に振り回され、ノイローゼになったビジネスマンや役人は珍しくない。条約は条約ではないし、約束も約束ではないという。

「それ、それでいこう」

「スタニスラフが本当にヴォロノフに内通していたのか、確かめてほしい。正直に口を割るとは思えないが、上手《うま》く探りだしてほしい」

スタニスラフの身辺も調査させているが、待っている情報が情報屋から届かないという。危険だが、ヴォロノフを探るのが手っ取り早い。

「実はそれは僕も思っていた。スパイ容疑はいくらでも作れる。僕にだってヴォロノフのハニートラップがあったもん。モニターに映っていた幹部やメンバーも会いに来たよ」

マクシムはコクコクと頷きながらキーボードを叩き、壁に設置されている大きなモニター画面にヴォロノフの幹部を映しだした。

「ヴォロノフはウラジーミルの側近を取り込みたかったのか？」

「そうみたいだね」

改めて聞き取り調査をしてみれば、マクシムのほか、イワンや白い髭の側近、甘い顔立ちの側近にもヴォロノフの誘惑の手が伸びていた。それぞれ、相手にせずに追い返したという。目の前に積まれた金額も桁違いだ。

「僕たちが裏切るわけないのに……スタニスラフも裏切るわけがない……絶対に裏切らないと思っていた……」

マクシムはスタニスラフに対する思いが込み上げたらしく号哭した。イワンや白い髭の側近も悔しそうに涕涙《ているい》で頬を濡《ぬ》らす。まだまだスタニスラフ裏切りのダメージが大きい。

もっとも、肝心の冬将軍は鉄壁の無表情だ。

「何か裏がある。それは確かだ」

「……う、う、うん、ぼ、僕たちも同じ意見だ」

「ニコライからイジオットの意向を聞きだしたのか？」

マクシムは何度もニコライと連絡を取り合っている。正確に言えば、ウラジーミルが無視するから、マクシムに連絡を入れるのだ。

「ウラジーミルが素直に謝ったら、いっさい罪に問わない、ってニコライが言っていた。藤堂も僕たちもみんな元通りの仲間……」

マクシムは躊躇《ためら》いがちに明かしたが、あまりにも白々しい。惨烈なイジオットは周知の事実だ。

「真実だと思えない」

藤堂がきっぱりと言い切ると、マクシムも大きく頷いた。

「ニコライは信じているけど、僕もボスや幹部の嘘《うそ》だと思う。メンツがあるから、全面戦争したくないんだ。僕たちを揺さぶって、裏切らせようとしている」

イジオットのやり口がわかるだけに、マクシムは焦燥感に駆られている。ウラジーミルの部下の足並みが乱れるのも時間の問題だ。

「いずれ、ニコライが説得の使者として現れるだろう」

イジオット側が白羽の矢を立てるのは、ウラジーミルと良好な関係を築いていた従弟だ。

「そうだね。ニコライがウラジーミルを説得している間にアレクサンドルが僕たちの説得にかかるかも……や、そんなに甘くないかな。総攻撃かな」

「イジオットに攻撃するのは控えたまえ」

藤堂はウラジーミルを横目で眺めながら、マクシムに強い口調で釘《くぎ》を刺した。端麗な文官は、ウラジーミルをはじめとする好戦派を全力で止めている。

「僕も攻撃は反対だけど、ロシア潜伏組は攻撃命令を待っているよ」

ロシアに残っている部下たちはウラジーミル同様揃いも揃って好戦的な戦闘兵だ。連勝記録を更新しているから無理もない。

「賭《か》けてもいい。こちらから攻撃したら黒幕の思《おも》う壺《つぼ》」

「賭ける？」

マクシムに快活な声で問われ、藤堂は苦笑を漏らした。

「賭けのため、攻撃せずに待てるか？」

「賭けの勝敗のためには、攻撃しなきゃ……あ、そっか、賭けにはならない……や、なるよ……」

「マクシム、こんなことで悩まなくてもいい。ヴォロノフの交渉役選出で悩みたまえ」

「交渉上手なレオニードに任せよう」

マクシムが手招きすると、甘い顔立ちをした側近が自分の胸を叩いた。任せろ、とばかりに。

「兵隊を各地に散らすより、ウラジーミルのそばにまとめたほうがいい」

ウラジーミルの命も危険だし、各地の兵隊たちの命も危険だ。裏切りの可能性も高くなる。

「そうだね。攻撃しないなら、ウラジーミルの警護に回したほうがいい……」

マクシムの言葉を遮るように、ウラジーミルが口を挟んだ。

「呼ぶな」

ウラジーミルはイジオットに徹底抗戦する気だから、要所に部下を配置しておきたいのだろう。

「ウラジーミル、攻撃命令は待ちたまえ」

「お前は甘い」

ウラジーミルに物凄《ものすご》い力で抱き寄せられ、藤堂は溜《た》め息《いき》をついた。

「ドイツに逃げ、ウオッカを飲んでいる間に資金源をすべて潰《つぶ》され、各地の責任者が暗殺され、身動きが取れなくなったところにイジオットの暗殺部隊が乗り込んでくるかもしれない」

藤堂はイジオットが取りそうな作戦を滔々《とうとう》と語った。あえて、部下に裏切られる可能性は指摘しない。

「わかっているなら」

「黒幕が判明してからだ」

「誰でもいい」

幼い頃から命を狙われ、隠謀の渦の中で育ってきた皇子は真実に興味がない。おそらく、興味が持てないのだろう。ウラジーミルが戦闘兵と策を練っている時、マクシムから聞かされた過去は悲惨だった。よく今まで五体満足で生き延びていると感心してしまうぐらいに。

「俺は知りたい」

「何故《なぜ》？」

ウラジーミルに怪訝《けげん》そうに聞かれ、藤堂は艶然《えんぜん》と微笑《ほほえ》んだ。

「串刺《くしざ》し刑寸前の報復だ」

この理由が最も効果があるはず、と藤堂が睨《にら》んだ通り、ウラジーミルは納得したように頷いた。

「そういうことか」

「俺の獲物だ」

「わかった」

ウラジーミルの唇が近づいてきたから、藤堂は逆らわずに目を閉じる。左右の腕を首に回した。

いつもと同じキスだが、いつもと確実に違う。

ウラジーミルはイジオットを敵に回し、恐怖に怯《おび》えるどころか楽しんでいる。敗北する気はさらさらない。負け知らずの猛将の所以《ゆえん》だ。

藤堂がウラジーミルを宥《なだ》めている間、マクシムやイワンたちは各地にいる責任者とコンタクトを取った。

これでイジオットはどう出るか。

一時も気の抜けない闘いの幕が下りる気配はない。

7

古城で三度目の朝を迎えた。

ヴォロノフと接触した交渉上手なレオニードは、苦戦を強いられているという。こちらも真実は流していないが、あちらも真実には辿《たど》り着《つ》けないらしい。双方、腹のさぐり合いだ。スタニスラフが本当に内通していたか、していなかったか未だに判断はできない。

ポルトガルに避難していた兵隊たちがドイツの古城にやってきた。ウラジーミルに挨拶《あいさつ》をしてから、一緒にドイツ料理が混在したロシア料理を摂《と》る。プリンツレゲンテントルテという薄い生地とチョコレート風味のクリームを何層も積み上げたケーキが運ばれてきた時、空気の重さが変わった。

……どうした？

摂政殿下のトルテという名のデザートに不満があるわけではないな？

デザートが合図なのか、なんの合図だ、まさか、寝返ったのか、と藤堂《とうどう》が思い当たった瞬間に銃声。

ズギューン、ズギューン、ズギューン、ズギューン。

ガガガガガガガガガガガッ、というマシンガンの音がロシア語の罵声《ばせい》や銃声とともに鳴り響いた。

咄嗟《とっさ》に藤堂はテーブルの下に身を隠す。

隣に座っていたウラジーミルは予《あらかじ》め察していたらしく、隠し持っていた拳銃《けんじゅう》で対応した。

マクシムもテーブルの下に隠れたが、イワンや腕自慢の戦闘兵はそれぞれ応戦している。

藤堂が携帯していた拳銃で加勢しようとした矢先、銃声は止まった。代わりに、野獣の如《ごと》きロシア男の咆吼《ほうこう》が響き渡る。

「ウラジーミル？」

藤堂が拳銃を手に立つと、ウラジーミルは血塗《ちまみ》れでマシンガンを構えていた。足下には自身の拳銃とポルトガルからやってきた部下たちが転がっている。扉や窓の前でも、ウラジーミルの部下たちが変わり果てた姿になっていた。つい先ほど、再会を喜び、忠誠を誓ったというのに。

「藤堂、無事か？」

ウラジーミルに冷然と尋ねられ、藤堂はにっこりと微笑《ほほえ》み返した。

「見ての通り、無事だ」

「ケーキを食ってからやればいいのに」

テーブルに運ばれた気品漂うトルテは原形を留《とど》めていない。割れたティーカップに残っているのは紅茶ではなく血だ。マクシムはのろのろと立ち上がると、無念そうにロシア語で罵《ののし》った。

「……裏切りか?」

イワンやマクシムの悔し涙を見れば、確かめなくてもわかる。危惧《きぐ》していたように、部下たちの裏切りだ。イジオット側による分断工作が始まっているのだろう。

「イジオットのため、だと」

「パーベルか、アレクサンドルか、大物に洗脳されたのか」

ポルトガルから集まってきた兵隊たちに大幹部が接触したに違いない。たぶん、大金も積まれたはずだ。

「ケーキを食い損ねた」

ウラジーミルは腹立たしそうに、割れたケーキ皿とケーキの残骸《ざんがい》を見つめた。何しろ、食後のデザートではなく、デザートも食事の一部だ。特に古城の料理人が作るドイツ菓子は絶品で、筋肉隆々な戦闘兵からほっそりとした文官まで競うように食べていた。

「……デザートが食べられるのか?」

藤堂が驚愕《きょうがく》に目を瞠《みは》ると、ウラジーミルは顰《しか》めっ面《つら》で答えた。

「当たり前だ」

「素晴らしい」

「藤堂も食え」

「俺はもういい」

ウラジーミルの希望が伝わったらしく、隣の部屋に新しい紅茶と洋梨《ようなし》入りのけしの実クーヘンとアプリコットのパイが運ばれた。藤堂以外、目を赤くしている兵隊も悲憤している兵隊も髪や衣類に血をつけたまま食べている。マクシムは啜《すす》り泣《な》きながら、ケーキをペロリと平らげた。ロシア語だから理解できないが、今回、裏切った兵隊たちのまとめ役とは苦楽をともにした仲だったらしい。

藤堂は尋ねたかったが、マクシムに視線で止められたような気がした。裏切りの一幕は下りたものの、二幕目や三幕目が整えられていることは決まり切っている。


ウラジーミルがイワンたちとともにモニター室に向かった後、マクシムが小声で問いかけてきた。

「藤堂、どうしてイワンがあんなに泣いていたか不思議？」

「裏切り者の中にイワンの親戚《しんせき》でもいたのか？」

藤堂はイジオット組織図を脳裏に浮かべながら言った。家族のみならず一族全員で同じ幹部の配下に組み込まれることは多い。

「親戚じゃないけど、兄弟に近い戦友がいたんだよ。ウラジーミルの危機一髪も命がけで守ったんだ」

マクシム自身、辛《つら》いらしく、目がじんわりと潤んだ。間違いなく、冬将軍配下で最も涙脆《なみだもろ》い。

「ウラジーミルの危機一髪？」

「……あ、ちっこいウラジーミルがオリガにパリで生け贄《いにえ》に……」

一瞬、マクシムの言葉から祭壇に横たわる幼いウラジーミルが過《よぎ》る。ロシアの紙媒体には呪《のろ》い代行の広告が載るからシュールだ。

「……生け贄？」

「……神に捧《ささ》げる生け贄じゃなくて敵に渡す生け贄……あ、囮《おとり》にして見殺し……えっと、見捨てられた……忘れ物にされたことを知らなかった？」

マクシムは表現を柔らかくしたいらしく、複雑な迷いが伝わってくる。ウラジーミルを慮《おもんぱか》っているのだろう。

「スタニスラフが言っていたことか？」

藤堂はニコライが送ってきたデータの内容を思いだした。十七歳のウラジーミルが実父に殺されそうになった過去には居合わせたが、実母に見捨てられた過去は知らない。母と長男の間に凶暴な隙間風《すきまかぜ》が吹いていることは明確だ。

「……うん、それ……ウラジーミルはまだ子供だった。あまりにも可哀相《かわいそう》だ。恨んでも仕方がないよ」

聞いて、とマクシムはどこか遠い目で語りだした。ウラジーミルが七歳、次男が六歳の誕生日を迎えた頃のことだという。

ボスとオリガにとってパリは思い出の場所だった。毎年、季節は決まっていないが、パリに夫婦で訪れていたのだ。どこにでもいる仲睦《なかむつ》まじい夫婦のように。

イジオットが正規のビジネスでベルリンのビルを買収した年、オリガはやんちゃな盛りの三人の息子を連れ、侍女頭やボディガードに囲まれ、パリ郊外にある別邸に到着した。ボスが三日遅れでパリ入りするまで、満開の薔薇《ばら》に彩られたパリを楽しもうとしたという。

けれど、信頼していた侍女頭の裏切りが発覚した。いつの間にか、侍女頭はヴォロノフ特殊部隊長の情婦になっていたのだ。

ボスのパリ入り直前、護衛していたイワンに緊急の極秘連絡が入った。

『オリガ、ヴォロノフの特殊部隊がここを取り囲んでいます。ウラジーミルたちを連れて、侍女頭も知らない隠し扉から脱出してください』

イワンは薔薇園にいる侍女頭に気づかれないようにオリガに進言した。

『まさか、彼女が裏切るなんて……』

窓の外、薔薇園では侍女頭がウラジーミルや次男、三男坊の相手をしている。護衛兵たちも解放感に浸っていた。

『ボヤボヤしている間はありません。まだ、ヴォロノフはこちらが裏切りに気づいたと知らない。侍女頭の目はこちらで引きつけておく。今のうちにウラジーミルたちとお逃げください』

イワンは慌てたが、オリガは優雅にパリ土産を眺めだす。普段、闇《やみ》の部分にいっさい触れていないからだろう。

『偽情報ではなくて？』

イジオット総帥夫人が知らないだけで、今までに何度も暗殺未遂はあった。ボスの愛により、一度も告げなかったことが仇《あだ》になったようだ。

『オリガ、イジオットがロシアン・マフィアだとお忘れですか？』

『そうね。父にもあの人にもパーベルにもよく言われているわ』

『見てください。ヴォロノフの特殊部隊です』

埒《らち》が明かないと悟り、イワンは通信機器のモニター画面をオリガに見せた。別邸をさりげなく囲んでいるルノーやシトロエンの人気車には、ヴォロノフの特殊部隊が乗っているはずだ。

『……なんのために、スタニスラフを先にパリに行かせたと思っているの。結局、危険だったんじゃない。ヴォロノフの狙《ねら》いは私？』

オリガはモニター画面を食い入るように見た後、ようやく緊急事態を理解したらしい。今回、安全を確認するため、スタニスラフは警備兵たちとともに先にパリに乗り込んでいた。三軒隣の邸宅でスタニスラフの祖父母は暮らしている。

『オリガと三人の息子……命ではなく、誘拐目的かもしれませんが、早く……』

ボスには当時も愛人が三人いたが、初恋相手の正妻は別格だ。子供たちは三人揃《そろ》って出色の出来だ。

『わかったわ』

オリガは青ざめた顔で頷《うなず》くと、侍女頭や三人の子供たちがいる薔薇園に向かった。そうして、柳眉《りゅうび》を逆立てた。

『アレクセイ、セルゲイ、また悪戯《いたずら》しましたね。今日という今日は許しません。お祖母様《ばあさま》に叱《しか》っていただきます。いらっしゃい』

オリガは一方的に叱責《しっせき》すると、幼い次男坊と三男坊の手を引いて薔薇園から離れた。紅薔薇のアーチの前、残されたのは侍女頭とウラジーミルに護衛兵ふたりのみ。

『イワン、早く逃げましょう』

オリガは左右の手に次男と三男を連れたままイワンに指示した。長男を呼ぶ気配はまったくない。

『オリガ、ウラジーミルは？』

イワンが土色の顔で尋ねると、オリガはイジオット総帥夫人の迫力で答えた。

『ウラジーミルまでいなくなったら不審に思われます』

『ウラジーミルを囮に逃げる気ですか？』

『可哀相だけど、仕方がないでしょう』

イワンはオリガの命令を無視するわけにはいかないが、ウラジーミルを見捨てては行けない。オリガをほかの警備兵たちに託し、自分はウラジーミルに殉じようとした。その時、まだほんの子供だったスタニスラフもいたのだ。

『スタニスラフ、オリガについて逃げろ』

イワンがそっと耳打ちしたが、スタニスラフは首を左右に振った。

『僕まで逃げたら、ウラジーミルが可哀相だ』

『……そうだな』

類《たぐ》い希《まれ》な皇太子の相手ができる子供は滅多にいない。スタニスラフはボスやパーベルなど、幹部に見込まれ、引き立てられた子供だった。

『オリガたちは逃げた？』

『そろそろ秘密の抜け道から、スタニスラフのお祖母ちゃんの家に到着しているんじゃないかな』

隣家や裏手もそうだが、三軒隣の蔦《つた》に囲まれた邸宅もイジオット関係者が暮らし、秘密の地下通路で繋《つな》がっている。フランス支部の一ヵ所だ。

『ヴォロノフはまだ気づいていない？』

『そろそろ動く』

深夜の襲撃には充分な注意を払って備えていたが、日中は大丈夫だろうと油断していた。盲点を突かれたかもしれない。

『イワン、火をつけて。火事にしよう』

スタニスラフはボーイソプラノで言うと、飾り棚にあったアロマランプのオイルをファブリックに垂らした。

『……火事？　大騒ぎになる』

イワンは顔を醜悪に歪《ゆが》めたが、スタニスラフはキッチンに走りながら言った。

『大騒ぎにするんだ。消防車がたくさん来たらヴォロノフのミッションも中止になる。あとは上手《うま》く誤魔化して』

キッチンの火の不始末が手っ取り早い。スタニスラフは棚やパントリーを探り、胡桃《くるみ》オイルやマカデミアナッツオイルを取りだした。

『……お、そういう手があったか』

『嘘《うそ》の火事じゃなくて本当の火事だ。僕がウラジーミルのそばに行って、裏切り者から引き離す』

スタニスラフの妙案により、ウラジーミルは裏切りの魔の手から逃れることができたのだ。火事の通報を受け、消防車が駆け付ける中で襲撃するほど、ヴォロノフ特殊部隊は愚かではない。

オリガは何食わぬ顔でオペラ座界隈《かいわい》の高級ホテルに避難し、ウラジーミルに詫《わ》びるどころか一言もなかったという。

マクシムはそこまで一気に語ると、悲痛な面持ちで溜《た》め息《いき》をついた。

「……藤堂、ウラジーミルが可哀相だよ」

「哀れだ」

イワンやスタニスラフはウラジーミルにすべて告げていないという。しかし、利口な少年は気づいたはずだ。自分が実母に見殺しにされかかったことを。

「そのパリからウラジーミルは大きく笑わなくなった……とっても怖くなった……えっと、日本語でどう言ったらいいのかわからない」

「……なんとなくわかる。人間が信じられなくなっても仕方がない」

実の母でも裏切る、捨てる、という辛い思いが幼い魂に刻まれたのだろう。

その時、自身の命も顧みず、助けたスタニスラフの今回の裏切りは孤独な冬将軍の魂をさらに抉《えぐ》ったのかもしれない。

「……でね、藤堂、そのパリの時にイワンと一緒にウラジーミルを守った警備兵が今日の裏切り者のボス」

マクシムは肩を震わせながら言うと、無念そうに頑丈な柱を叩《たた》いた。在りし日、実母に見捨てられた少年を守った忠臣は今夜の裏切り者だ。

……ウラジーミル、俺と一緒か。

俺より裏切られているのか？

俺よりマシか、と藤堂は覚えのある痛みに眉《まゆ》を顰《ひそ》めた。知《し》らず識《し》らずのうちに、胸を手で押さえる。

「藤堂、ウラジーミルは何も言わないし、躍らないけど……えっと、暴れないけど、ショックだと思う」

「そうだな」

「ウラジーミルを新妻の愛で星を食ったマリオにしてね」

マクシムに拝むように両手を合わされ、藤堂が能面を被《かぶ》ったのは言うまでもない。

　ウラジーミルはモニター室から出てくると、藤堂の肩を抱きながらウオッカを飲みだす。

「ウラジーミル、飲みすぎだ」

　今までも浴びるように飲んでいたが、ドイツ入りしてからさらに酒量が増えた。暗殺される前に、アルコール中毒死で果てそうだ。

「これぐらいで」

「せめて身体《からだ》のため、ワインかビールにしろ」

　健康を考えたら、ウオッカではなくワインやビールにすべきだが、ウラジーミルには通じなかった。

「身体のため、ウオッカと一緒にワインもビールも飲む」

「そうじゃない……あ、お茶の時間だ。お茶にしよう」

　藤堂が横目で合図を送ると、マクシムは軽やかな足取りで部屋から出ていった。ものの五分も経《た》たないうちに、石牢《いしろう》から助けた幼児たちがヨチヨチと近づいてくる。天使さながらの女児は真剣な顔で紅茶を運んできた。大きなリボンを髪の毛につけた女児は焼き菓子を載せた皿だ。スグリやマルメロのジャムを手にした男児や捻《ひね》りパイを持った男児、石牢から藤堂の手を握った愛人の子供もヨチヨチと続く。藤堂の意向が通じているらしく、新しいウオッカやつまみはない。

「ニイヅマ、ドウゾ」

左右から紅茶と焼き菓子を勧められ、藤堂は内心を隠して微笑んだ。

「……ありがとう」

藤堂が紅茶の注がれたティーカップを手にすると、ウラジーミルは冷徹な声で止めた。

「待て」

「ウラジーミル、どうした？」

「お前ら、飲んでみろ」

ウラジーミルの言い草で、藤堂は瞬時に気づいた。子供たちと一緒に入室したマクシムの表情も一変する。

もっとも、子供たちは無邪気なままだ。ウラジーミルに言われた通り、あどけない女児は差しだした紅茶を飲もうとした。

間一髪、藤堂は紅茶を奪い取る。

「……やめたまえ」

藤堂の前で女児はきょとんとしたまま人形のように固まった。

「毒入りだ」

ウラジーミルが断定口調で言ったが、子供たちは誰も理解していない。それぞれ、屈託

のない笑顔を浮かべている。マクシムは部屋から飛びだし、廊下に控えていた警備兵にロシア語で怒鳴った。

「ウラジーミル、どうして、毒入りだとわかった？」

藤堂はティーカップに鼻を近づけたが、花やスパイスをブレンドしたフレーバーティーだからよくわからない。何より、毒入りか、否か、確かめる気にもなれなかった。

「イジオットで俺に子供を近づける奴《やつ》はいない。母親はなおさら」

子供が接近したうえに飲み物を勧めたから何かある、とウラジーミルは睨《にら》んだらしい。

「そんな理由で？」

「あぁ」

「君が危険人物だと距離を取られているのか」

分別のない子供が凶暴な皇太子にどんな粗相をするかわからない。最悪の場合、家族揃って石牢行きだ。

「……らしい」

「この子たちは利用されただけだろう」

毒物や生死がいかなるものか、理解できない子供に罪はない。悪用された子供たちも被害者だ。

「利用したのは誰だと思う？」

子供たちになんの疑問も抱かせず、ここまで動かせる人物は限られている。おそらく、石牢から救いだした女性だろう。

「助けた母親かもしれない。その母親も誰かに脅されたのかもしれない」

裏切りはさらなる裏切りを呼ぶし、不幸はさらなる不幸を呼ぶ。今現在、彼女たちの立場は不安定の極致だ。明るい未来が見えず、絶望している女性も多いだろう。

「見逃せ、と言うのか？」

「子供は見逃したまえ」

藤堂は邪気のない笑顔でじゃれついてくる幼児の頭を撫《な》でた。弾《はじ》けるような笑顔も声も愛くるしい。

「母親は？」

「子供に母親は必要だ」

「お前は甘い」

「恩を仇《あだ》で返すのは日本もロシアも変わらない」

今まで数え切れないぐらい裏切られ、肺腑《はいふ》を抉られる思いをした。助けた相手であっても、ひどい裏切り方をした。人は自分のためなら恩人でも家族でも平気で裏切る。裏切りに慣れたわけではないが、人の本性を知っているから怒らない。利用するに限る。

「見逃せない」

「いい情報源になる」

「末端だ」

望む情報は引きだせない、とウラジーミルは言外に匂《にお》わせている。

「いい駒《こま》になる」

裏切り者ならば、捨て駒にしても良心は咎《とが》めない。どんな駒であれ、ないより、戦えるだろう。

藤堂がウラジーミルと睨み合っていると、マクシムがスカーフを巻いた若い美女を連れてきた。元幹部が強引に愛人にしたというバービー人形のような美女だが、流涕《りゅうてい》している理由は聞かなくてもわかる。元幹部の正妻や古城の料理人が現れ、子供たちに声をかけるとヨチヨチと出ていく。

「紅茶やお菓子を用意したのは彼、子供たちに紅茶やお菓子を運ばせたのは僕だ」

マクシムは料理人を差してから自分の顔を差した。そうして、恐怖で震えている若い愛人を差した。

「紅茶をウラジーミルと藤堂に飲ませるように言い含めたのは彼女だ。さっきの女の子は懐いているらしい」

若い愛人は床に崩れ落ち、声を上げて泣きじゃくる。本来、人を毒殺できるような女性ではないはずだ。

「あなたは女帝でもなければスパイでもない。無力な女性です。正直に話してくれたら罪は問わない」

藤堂が日本語で言うと、マクシムはロシア語に訳した。

若い愛人は嗚咽《おえつ》を漏らしながらロシア語で白状する。床に手と膝《ひざ》をつき、今にも消え入りそうな風情だ。

「……彼女、愛し合っている婚約者がいたのに、元幹部に見初められて、強引に愛人にさせられたんだ。なのに、元幹部の裏切りで身内として処罰の対象になった……ウラジーミルみたいな銀色に近い綺麗《きれい》な金髪だったよ。リアルバービー」

元幹部の公開処刑前、正妻と愛人は揃って髪の毛を刈られた。屈辱感と絶望感は計り知れない。正妻と愛人も裏切りに関与どころか、何も知らなかったというのに。

「お気の毒に」

愛してもいない男のせいで生き地獄に落とされたのだから、恨んでも恨みきれないだろう。

「……で、その元婚約者は今回の裏切りには加担していない。告発したチームのメンバーだ。今はパーベルの配下」

マクシムの声に力が入り、藤堂は優艶《ゆうえん》に微笑んだ。

「元婚約者から内々に連絡があったのか？」

「彼女、料理が得意だから、キッチンで手伝っていたんだ。出入りの雑貨店がイジオットの関係者だった」

雑貨店の配達員はさりげなく元婚約者の思い出の婚約指輪を手渡し、耳元に諭すように語りかけたという。

『ウラジーミルたちは全員、裏切り者として始末される。襲撃予定は明日だ。君と幼い子供は始末されず、また裏切り者として罰を受ける。助かるためには消すしかない』

ウラジーミルと藤堂を毒殺したら、イジオット側は身の安全を保証するだけでなく莫大《ばくだい》な金を用意するという。元婚約者は独身のまま、今でも深く愛し、待ち続けている、と。

「……で、彼女は自分と子供のため、元婚約者と結婚するため、紅茶に毒を盛ったんだ、って……もう少し上手くやればいいのに……祈っても無駄なんだよ」

マクシムは呆《あき》れ果《は》てたように大袈裟《おおげさ》に肩を竦《すく》めた。祈りに効果があると信じている女性なのかもしれない。

「確かに、毒殺を計画するならば、もう少し練りたまえ」

藤堂は杜撰《ずさん》すぎる毒殺計画に失笑を漏らすが、元藤堂組の幹部も似たり寄ったりだった。甘すぎる見通しに呆然《ぼうぜん》としたのは一度や二度ではない。

「ウラジーミル、どうする？」

マクシムが判断を仰ぐと、ウラジーミルは面倒そうに言い放った。

「藤堂が煩《うるさ》い」

「そうだね。新妻、どうしたらいい？」

マクシムに意味深な目を向けられ、藤堂は感情を込めずに返した。

「彼女がいれば、ウラジーミル毒死のニュースを流せる。雑貨店を通して、パーベルに揺さぶりをかけることもできるかもしれない。元婚約者も使える」

「……あぁ、そういう手もあるか」

マクシムは感心したように手を叩いた。

「彼女は利用されただけだ」

「そうだね。これ、イジオットだったら許されないよ。新妻が優しくてよかったね。……あ、二度と裏切らないように注意……」

マクシムは厳粛な顔をすると、ロシア語で切々と語りかけた。若い愛人は落涙に咽《むせ》びながら頷き、涙声で話し始めた。藤堂は何が語られているのかわからないが、ウラジーミルの渋面に凶暴な憤激が漲《みなぎ》り、マクシムから血の気が引いていく。ラスプーチン、とロシア語の発音で呟《つぶや》いた。

「……知らなかった……あ、あのね、彼女のお祖父《じい》ちゃんは有名な呪い屋……えっと、呪《じゅ》術師《じゅつし》……えっと、現代のラスプーチンだ」

突拍子もない話の展開に、藤堂はついていけない。

「マクシム、落ち着きたまえ」

帝政ロシア滅亡の最大の要因は、皇太子の血友病治癒による怪僧ラスプーチンの重用だ。皇帝夫妻はラスプーチンに心酔し、政治に関しても言いなりになった。ラスプーチンに反感を抱く貴族に暗殺されているが、凄絶《せいぜつ》な最期でロシアに呪いをかけたと言われている。ロシアから貴族が消滅した所以《ゆえん》だ。

ラスプーチンによる呪いは今でもロシアに息づいている。

「彼女はお祖父ちゃんに元幹部の呪いを頼んでいたんだ。彼女は元幹部の急死を祈っていたけど、こんな裏切り拷問死になったから後悔している。人を呪えば穴ふたつ」

すごいよ、現代のラスプーチンの異名は伊達《だて》じゃない、とマクシムは両手を震わせて興奮している。

「そういえば、呪い代行の広告は見た」

藤堂もロシアで呪術が横行していることは知っている。日本でもスピリチュアルブームが定着しているから深く考えない。金になるなら参入する、とスピリチュアル業界に資金を投入する暴力団員もいた。

「うん、第二次世界大戦の時、日本が呪い合戦で負けたのは有名だ」

呪術合戦は古代から記録されているし、二十世紀の大戦でも密《ひそ》かに繰り広げられていたという。第二次世界大戦時、日本国内の某所にそういった術者が集められ、米国調伏の呪いをかけようとしたが、祭壇の火を返されて失敗したそうだ。その場に居合わせた者たちは日本の敗戦を予感したらしい。

敗戦を確信していても焼け野原になるまで戦ったのか、と藤堂は勝てる気がしないのに挑んだヤクザの最後の戦いを思いだした。……が、今はそんな場合ではない。

「有名ではないが、聞いた記憶はある」

「ロシアの呪いが効いたんだよ」

「アメリカだと思ったが……」

藤堂の言葉を遮るように、マクシムは愛国心を爆発させて力んだ。

「ロシアだよ」

「……そうか」

「それで、スタニスラフも彼女のお祖父ちゃんに呪いを依頼していた。いつもなら絶対に顧客の依頼内容は漏らさないのに、彼女がしつこく頼んだら教えてくれたんだって」

マクシムの目が血走っているわけは、ウラジーミルを裏切った側近が現代のラスプーチンを頼っていたと聞いたからだ。

「スタニスラフが呪いの依頼？」

藤堂は俄《にわか》には信じられず、首を軽く傾《かし》げた。英邁《えいまい》な美青年が非科学的なものに縋《すが》るとは思えない。

「恋の成就」

マクシムが興奮気味に言うや否や、ウラジーミルの氷の美貌《びぼう》も弾けた。心の底から驚愕しているようだ。嘘だろう、と心情が漏れている。

「スタニスラフには意中の女性がいたのか？」

藤堂が怪訝《けげん》な顔で尋ねると、マクシムは高速の首振りを披露した。

「お祖父ちゃん、相手が誰かまでは明かしてくれなかったけど、スタニスラフは初恋だったみたい……遅すぎる初恋？　そんな恋に苦しんでいるなんて知らなかった」

「スタニスラフはそういうタイプか？」

藤堂はどんなに妄想力を発揮しても、恋に悩むスタニスラフが想像できない。ウラジーミルにすべてを捧げた忠臣だとばかり思い込んでいた。

「……ううん、だから、顎《あご》が床に落ちるぐらいびっくりしている。スタニスラフはモテたけど、仕事一本だったから冷たかった」

「意外だ」

「スタニスラフをそんなに惚《ほ》れ込《こ》ませた相手が知りたい。裏切った原因なのかな……それで裏切ったのかな」

マクシムは思案顔でウラジーミルを横目で眺める。けれども、ウラジーミルの双眸《そうぼう》の先は藤堂だ。予想だにしていなかったスタニスラフの初恋騒動だから無理もない。

「それより、彼女に元幹部について聞いてほしい」

藤堂が身を乗りだすと、マクシムは綺麗な目を輝かせた。

「……何を？　今なら正直に喋《しゃべ》ってくれると思うよ」

「元幹部がイジオット内で親しかったのは誰か？　敵視していたのは誰か？　尊敬していたのは誰か？　次期ボスに誰を支持していたのか？」

藤堂の質問をマクシムはロシア語で問いかける。若い愛人の涙は尽きないが、思い出の糸を手繰っているようだ。

涙声のロシア語にマクシムとウラジーミルの目が同時に曇る。

「パーベルと親しいと思ったらアレクサンドルとも親しくて、ボスを尊敬して、次期ボスにセルゲイを推していた……セルゲイを推した理由はウラジーミルなら意見が通らないから……ボスは尊敬していたけど、パーベルがいる限り、実権が握れないから拗《す》ねていた？……馬鹿《ばか》だったのか……」

マクシムは唖然《あぜん》とした面持ちで、独り言のようにブツブツ呟き続けた。ボスのパーベルに対する信頼は絶大だ。パーベルがいなければ今日のボスはいない。側近中の側近、分身とも言うべき存在である。

「マクシム、元幹部がパーベルに対する罠《わな》を仕掛けていたのか聞いてほしい」

藤堂が新たな質問をすると、マクシムは指を鳴らした。もっとも、ロシア語で尋ねたが、希望していた返答はない。若い愛人は元幹部の裏切りも知らず、仕事が話題になることはなかったという。ただ、ボスとパーベルの体制には頻繁に愚痴を零《こぼ》していたらしい。

襲撃は明日、と若い愛人は恐怖に駆られた顔で繰り返した。

明日と言わずに今夜、イジオットから襲撃があってもおかしくはない。

若い愛人に釘《くぎ》を刺してから下がらせ、正妻にも同じ質問をする。分別をわきまえた彼女も同じ答えだ。もっとも、正妻の口からは頻繁に皇帝の弟の名が飛びだした。だいぶ懇意にしていたそうだ。今回、正妻は皇帝の弟による恩情を期待し、落胆していたという。

結果、ヴォロノフの力を後ろ楯《うしだて》に、元幹部が皇帝の弟と共闘しようとした可能性が否定できない。

正妻の後、実母や実妹、串刺《くしざ》し刑になった元側近の正妻など、主要女性陣にも同じ質問をして、同じ答えを聞いた。

なんにせよ、帝政ロシアの宮廷のようにイジオット内も隠謀が渦巻いている。特にパーベルに対する嫉妬《しっと》が大きいのは間違いない。パーベルの娘がボスに寵愛《ちょうあい》され、息子たちが台頭してきたから脅威が増幅したという。

「マクシム、イジオットの実権を握りたがっている幹部に心当たりは？」

藤堂が神妙に尋ねると、マクシムの端整な顔が四角くなった。

「……まず、皇帝の同母弟のアレクサンドル、異母弟のフュードル、ボリス、エフゲニー……心当たりがありすぎるけど、パーベルがいる限り、無理だよ」

「イジオットの実権を握っているのはボスではなくパーベルか？」

「ボスは傀儡《かいらい》じゃない。ボスの権力は絶対だけど、組織が大きくなりすぎてパーベルにだいぶ任せている。何かする時も真っ先にパーベルと話し合うしね」

「ボスとパーベルの体制に不満を抱いている幹部にコンタクトを取ったらどうだ？」

藤堂が搦《から》め手《て》を提案すると、マクシムは大きく頷いた。

「それ、いいかもしれない。あんな可哀相なリアルバービーを利用するなんて汚いよ。こっちもやり返そう」

藤堂とマクシムの考えが一致しても、肝心の若きボスは首を縦に振らない。吐き捨てるように開戦を言い放った。

「さっさと戦争」

「ウラジーミル、待て」

藤堂が穏和な声で止めると、ウラジーミルはシニカルに笑った。

「時間が経つほど、利用される女子供が増える」

「反論できないが、黒幕がわかるまで待て」

「ボスとパーベルに反感を持つ奴らだと思っているのか？」

「それがわからないから待て」

「さっきの女の情報が事実なら襲撃は明日だ」

「イジオットが彼女に事実を明かすとは思えない。今夜か、明後日《あさって》じゃないか?」

襲撃は明日以外、という藤堂の予想にはウラジーミルも同意した。悟られないように、万全の迎撃態勢は敷く。

「新妻、ニコライと内緒話してみる。ウラジーミルと仲良くしていてね」

思うことがあったらしく、マクシムはスマートフォンを手に立ち上がった。今となっては、イジオット中枢部にいるニコライは頼みの綱だ。

しかし、ウラジーミルにはなんの緊張感もない。藤堂も追い詰められている感じがまったくしなかった。

「ウラジーミル、余裕だな」

藤堂が感服したように言うと、ウラジーミルは真顔で返した。

「お前こそ」

「不思議な気分だ」

こうしている間にも、裏切り者は増えていくだろう。イワンやマクシムでさえ、裏切らないとは言い切れない。薄氷に佇《たたず》んでいるのに恐怖や焦燥感に苛《さいな》まれないから妙だ。

「俺も」

「ウラジーミルもか」

「このまま独立するのもいい」

ウラジーミルに自身の組織を設立する力はある。かえって、イジオットやロマノフという足枷《あしかせ》に縛られないほうがいい。

「イジオットが許さないだろう」

「あぁ」

ウラジーミルに抱き寄せられ、藤堂は逆らわずに身を委《ゆだ》ねた。下心は感じないし、手も淫《みだ》らに動かない。

ただ単に抱いているだけだ。

激烈な冬将軍の満ち足りた様子を目の当たりにして、藤堂はなんとも言いがたい安心感を覚える。

それ故、心底から困惑した。

この感情はいったいなんだ、と。


翌日、なんの襲撃もなく一日が終わった。

「来いよ」

ウラジーミルや好戦的な戦闘兵たちは不平を漏らす。暴れられず、古城に待機していること自体、鬱憤《うっぷん》が溜《た》まるらしい。

万全の迎撃態勢を敷いていたが、結局、三日間、これといった攻撃はない。

ただ、石牢で保護した女性や子供たちは、古城管理人のルートから逃がした。藤堂の願いによって、ウラジーミルが充分な資金を与えたから、女性たちが生活に困窮することはないだろう。元幹部の若い愛人は元婚約者を振り切り、子供の成長を頼りに生きていく決心をしたそうだ。

口々に礼を言われ、藤堂は面映《おもはゆ》いが見送った。女性や子供たちがいなくなると、古城から一気に陽《ひ》の光が消えたような雰囲気だ。マクシムやイワンは寂しそうだが、ウラジーミルの表情にも陰が濃い。

ウラジーミルも寂しいのか、と藤堂は感動しかけたがすぐに思い直した。複雑怪奇な皇子の心は深い森より謎《なぞ》に満ちている。

「ウラジーミル、どうした？」

藤堂がさりげなく尋ねると、ウラジーミルはポツリと答えた。

「おかしい」

「何がおかしい？」

「ミグが来ない」

ウラジーミルはイジオット所有の戦闘機に襲撃されると踏んでいたようだ。藤堂は呆気《あっけ》に取られたが、辛《かろ》うじて態度には出さなかった。

「ここは戦闘地帯ではない」

「俺ならやる」

「ボスは君ほど、短慮ではないだろう……いや、ボスに一番似ているのは長男だと聞いた。君の意見はボスの意見か？」

藤堂は途中まで言いかけ、はっ、と気づいた。冷酷無比な皇帝に最も似ているのは傲岸《ごうがん》不遜《ふそん》な長男だ。ウラジーミルとボスは同じ思考回路を持つ。

「殺し屋軍団も現れない」

ミグも来ないし殺し屋軍団も来ないからおかしい、とウラジーミルは暗に匂わせている。冬将軍が知る皇帝やイジオットではないらしい。

「部下の裏切りを画策しているのだろう」

各地から部下たちをドイツに呼び寄せたが、パーベルが接触した形跡がある。正確に言えば、パーベルの手足となって動いている息子たちだ。全面戦争を回避し、鎮めたいらしい。

「時間がかかる」

ほんの一時の過ちで、昨日の勝利者が今日の敗者だ。ロシアでは風邪で寝込んでいる間に公開処刑が決まった、時の権力者もいた。

「君とボスは父と子だ。慎重にならざるを得ない」

「そんなタマじゃない」

ウラジーミルに断言されたが、ロシア史を振り返れば納得してしまう。藤堂は今まで見聞きしたデータを総動員した。

「黒幕がいることは確かだ」

「あぁ」

「黒幕の狙いがウラジーミルの殺害なら、こんな手は使わないだろう。スタニスラフに毒殺させればすむ」

藤堂は今さらながらに忠臣の裏切りに触れた。今回、最初から腑《ふ》に落ちないことだらけだ。

「あぁ」

「黒幕の狙いはボスの命か？」

スタニスラフならボスの暗殺は可能か、と藤堂は言外で尋ねた。きちんと通じたようだ。

「スタニスラフならできたかもしれない」

「黒幕の狙いは、ボスの命でもウラジーミルの命でもないのか……あ、ボスとウラジーミルを戦わせたいのか」

　父と子の全面戦争になれば、奇跡が起こらない限り、勝者は決まっている。ただ、父も無事ではすまないし、イジオットの弱体化も著しいだろう。それこそ、ほかのマフィアに食《く》い潰《つぶ》される。

　もっとも、ウラジーミルは父に負ける気はない。藤堂とはまったく違う見解を出した。

「相打ちか」

　ウラジーミルは独り言のように零したが、藤堂は絡まった糸が解《ほど》けたような気がした。

「……あぁ、父と子の相打ち？」

　ボスの罠にしては生温《なまぬる》い。ボスを狙った策にしても、ウラジーミルをはめた罠にしても釈然としない。けれども、父と子の相打ちを目論《もくろ》んでいたとしたら納得する。

「俺とボスがくたばれば、次期ボスはセルゲイだ」

「たとえ、ヴォロノフの後ろ楯があっても、セルゲイにここまでの力はない。第一、君とボスが相打ちになれば、イジオットが解体する」

「あいつがいれば保《も》つ」

　ウラジーミルが不敵に言い放った瞬間、藤堂の脳裏を遮っていた霧が晴れた。裏で糸を引いていた存在が浮かび上がる。

「……黒幕に辿り着いたようだ」

藤堂が静かな声音で言うと、ウラジーミルは不敵に笑った。

「あいつ、俺にボスを殺させたかったのか……あぁ、部下に裏切らせて、俺を焚《た》きつけているんだな」

「ボスの命が危ない」

その気になれば、黒幕はいつでもボスを暗殺できる。今ならば簡単に離反したウラジーミルに汚名をなすりつけられるだろう。ことを起こさなかったわけは、ウラジーミルによるボス暗殺を待っていたのだ。

死人に口なし。

おそらく、ウラジーミルがボスを暗殺した時、黒幕はウラジーミルも暗殺する予定だった。その時、どんな場面になってもいいように幾通りもの計画を立てていたはずだ。

「くたばれ」

「父殺しの汚名を被るな」

藤堂が宥《なだ》めるように言った時、マクシムがタブレットを手に飛び込んできた。

「ウラジーミル、藤堂、ボスがパリで焼《や》き栗《ぐり》を食べている」

マクシムが差しだしたタブレットには、パリの街角で焼き栗を食べているロシア人男性が映しだされている。迫力満点の大男だが、目立たないように気をつけているようだ。

ボス本人だ、と藤堂は確信した。

「影武者じゃないのか？」

ウラジーミルは実父か、影武者か、判断できないらしい。マクシムは目を白黒させ、首を小刻みに振った。

「不明。目下、確認中」

「ボスの同行者は誰だ？」

「同じ腹から生まれた弟」

「アレクサンドルか」

ウラジーミルが支配者の笑みを浮かべながら立ち上がる。藤堂もボスが黒幕の正体を摑《つか》んだことに気づいた。

「ボスも同じ考えに到達したらしい」

「行くぞ」

藤堂とウラジーミルは入念な準備をしてからパリに向かった。イワンやマクシムたち、選び抜いた極少数の精鋭たちは別ルートからパリ入りだ。もちろん、イジオット本拠地にいるニコライには何も告げていない。

藤堂は芸術の都が最期の地になる覚悟をした。隣に立つ常勝将軍に負ける気はまったくなさそうだったが。

8

ドイツよりパリの空は柔らかい。ロシアとは比較の対象にならないぐらい空の色をしている。

パリに到着してから、ウラジーミルはドイツの古城にいる兵隊たちに連絡を入れた。各ルートからパリ入りの指示だ。周辺国にいた兵隊たちは、パリの要所で待機させていた。

今のところ、目立った妨害はない。

パリでは数多《あまた》の戦火を逃れた歴史的建築物や教会が健在だ。美術史に名を刻んだ芸術家が通ったカフェも、当時の面影を残したまま営業している。どこを切り取っても絵になる街並みだが、足下を見れば石畳に犬の糞《ふん》が点在しているし、店のスタッフがモリエールの言語で客を口汚く罵《ののし》っていた。これがパリだ。

「藤堂《とうどう》、牡蠣《かき》でも食うか?」

ウラジーミルはどこぞの観光者のように、各国の美食家を唸《うな》らせた牡蠣専門店を指した。

「ウラジーミル、余裕だな」

想定内だが、すでにパーベルの兵隊にマークされている。

「天麩羅《てんぷら》や蕎麦《そば》がいいのか？」

ショコラの天麩羅にマカロンの天麩羅、アイスクリームがトッピングされた蕎麦やクレープに包まれた蕎麦が藤堂の瞼《まぶた》を過《よぎ》る。

「最後の晩餐《ばんさん》にパリの天麩羅や蕎麦は希望しない」

「最後の晩餐じゃない」

「このままだと最後の晩餐になりそうだ」

ハーブ専門店の二階の窓にいる男は、パーベルがよく使っているフリーの殺し屋だ。向かいの帽子専門店の三階には、ウラジーミルが契約したフリーの殺し屋が陣取っている。

「怖いのか？」

「ウラジーミル、パリを血で染めるな」

バターの乗った風が流れてくるブーランジェリーの前では、イジオットの兵隊たちが佇《たたず》んでいる。彼らはパーベル選《え》りすぐりの戦闘兵たちだ。いざとなれば、芸術の都を血で染め上げるだろう。

「あいつらでもここでは仕掛けてこない」

「ボスはどこにいる？」

つい先ほどまでボスはアレクサンドルと一緒にカルティエで買い物をしていた。各自、正妻と愛人へのパリ土産らしい。

「オフィスに戻った後、カフェでクロックマダムを食っている。アレクサンドルはフルーツグラタン」

イジオットはロココ調の建物を正規のビジネスで買収している。一階のテナントはSNSでも評判のパリらしいカフェだ。窓際の席では動きのある景色を楽しめる。

あの場所ならウラジーミルもいきなり発砲しない、と藤堂は心中で考えた。ボスより短気なのは直系の息子だ。

「ウラジーミル、俺もフルーツグラタンがいい。行こう」

「お前、フルーツスープを残したくせに」

「行こう」

藤堂はウラジーミルの腕を摑《つか》みながら歩きだす。ほんの目と鼻の先だから、傍らで停車しているイワンのシトロエンに乗り込まない。パーベルの戦闘兵たちも尾《つ》いてくるが、襲撃する気配はなかった。

藤堂はフラワースタンドで深紅の薔薇《ばら》の花束を買う。ウラジーミルに持たせると、不可解そうな顔で尋ねられた。

「藤堂、これに爆弾を隠すのか？」

ウラジーミルに真剣な顔で問われ、藤堂は大きく首を振った。

「詰めるなら、爆弾ではなくショコラだ。ボスへの贈り物」

付近には藤堂の実母やウラジーミルの実母が好きな高級ショコラ専門店がある。味もさることながら、ショコラの見た目やパッケージも洗練されていた。

「何故《なぜ》？」

「ボスに会う口実だ」

「くだらない」

ウラジーミルに薔薇の花束を突き返されたが、藤堂は瞬時に両手で拒んだ。ほんの少しでもいいから、長男は実父に折れなければならない。

「持っていたまえ。君に映える」

お世辞ではなく、深紅の薔薇は氷の美貌《びぼう》を際立たせた。

「お前のほうが似合う」

ウラジーミルに一点の曇りもない目で断言されるが、藤堂は断固とした態度で拒否した。

「薔薇は君だ」

「お前だ」

「俺は薔薇じゃない」

ふと、藤堂は周りにいる日本人観光客の意味深な視線に気づいた。パリねぇ、イケメンたちの痴話喧嘩《ちわげんか》よ、と熟年夫婦が楽しそうに語り合っている。

藤堂は面食らったが、ウラジーミルは高らかに言った。

「お前は桜か？」

「俺は花ではない」

花と言えば眞鍋《まなべ》組二代目姐《あね》、と藤堂は眼底に清楚《せいそ》な内科医を浮かべた。白百合《しらゆり》に喩《たと》えられる容貌《ようぼう》は花のパリでも霞《かす》まないだろう。

「俺といるのに誰のことを考えている？」

ウラジーミルに恐ろしいほど真率な表情で詰問され、藤堂は手にしていた薔薇の花束を落としそうになった。

「こんな時までやめたまえ」

「……なら、お前は蝶《ちょう》か？」

「虫けらだ」

「俺に逆らうな。お前は花だ」

ふたりで薔薇の花束を押しつけ合っているうちに、イジオットが所有する建物が視界に飛び込んでくる。

「……あ、ウラジーミル、あの建物か？」

「そうだ」

「女性が好きそうな建物だ」

ロココ調の白亜の建物のオーナーが、ロシアン・マフィアだとは想像できないだろう。トリコロールの旗が靡《なび》く下、ウラジーミルのスマートフォンに連絡が入った。その拍子に深紅の薔薇は藤堂の手に。

「ボスとアレクサンドルがカフェから出た。イジオットのフロアに戻ったらしい」

ウラジーミルにボスの所在地を聞き、藤堂は薔薇の花束を確認した。今までのやりとりの間、ウラジーミルが爆発物を忍び込ませていたら台無しだ。

「プレゼントを渡しにイジオットのフロアに行こう」

爆発物は仕込まれていない、と藤堂は薔薇の花束を確かめてほっと胸を撫《な》で下《お》ろす。

「つい先ほど、パーベルも飛んできたようだ」

「ちょうどいい」

藤堂とウラジーミルは凝った正面出入り口から建物に入る。イジオットと無縁の警備員たちは止めようとはしない。一般用のエレベーターではなく、奥にある専用のエレベーターでフロアに上がった。ミスなのか、当然なのか、ウラジーミルのパスワードは今でも有効だ。

マフィアの匂《にお》いがしないイジオットのフロアでは、ボス専属の戦闘兵が警備員として並んでいる。ウラジーミルは何事もなかったかのように通り過ぎた。誰ひとりとして一言も発しないし、所持している武器も構えない。ただただ、張り詰めた緊迫感に包まれているだけ。

ウラジーミルはノックもせずに扉を開け、悠々と入室する。藤堂も周囲に細心の注意を払いながら続いた。

大きな窓の向こう側には世界各国の芸術家が目指す眺望が広がり、壁にはロマノフの高い気位を示すように紋章が刻まれた剣や弓が飾られている。

フランス製の長椅子《ながいす》には威風堂々としたボスが座り、左右の椅子にはアレクサンドルとパーベルが腰掛けていた。イジオットの中枢が三人、バカラのシャンデリアの下に揃《そろ》っている。猫脚のテーブルにはラデュレのマカロンと芳醇《ほうじゅん》な香りのフレーバーティーだ。

ウラジーミルは挨拶《あいさつ》もせず、ボスを仁王立ちで睨《にら》み据《す》える。反抗期の少年より手に負えない。

俺が代理でやるしかない、と藤堂は恭しく一礼してから、ボスに深紅の薔薇を手渡した。

「ボス、お見舞いです。お加減はいかがですか？」

藤堂の挨拶に満足したらしく、ボスは薔薇の花束を手に鷹揚《おうよう》に頷《うなず》いた。被弾の後遺症は感じられない。

「藤堂、若い頃のオリガそっくりだ」

「ウラジーミルは誰よりもボスの血を色濃く受け継ぎました。寛大な心でお許しくださ

い」

「……三十年近く前か、私の隣でオリガが先代に言った」

ボスにどこか懐かしそうに言われ、藤堂は苦笑を漏らしてしまう。ウラジーミルの実母を意識したわけでない。

アレクサンドルやパーベルは、郷愁たっぷりの笑みを浮かべた。ボスの弟や腹心はあえて口を挟まないようだ。

「ウラジーミル、何か言うことはないのか」

ボスは謝罪を促す視線を向けたが、ウラジーミルは噛《か》みつくような声で返した。

「元気そうだな」

「あれぐらいで、私がやられると思っていたか？」

「くたばるとは思っていなかった」

「スタニスラフはわざと外したんだろう」

ボスは隠し扉の小窓に潜んでいた狙撃手《そげきしゅ》がウラジーミルの側近だと思っている。哀れんでいるようだ。

「俺がやらせたと思っているのか？」

ウラジーミルが棘《とげ》のある声音で尋ねると、ボスは悠揚迫らぬ態度で軽く笑った。

「お前じゃないと思っていた」

「あぁ」

「お前なら自分の手で私を殺すと思っていた」

父は冷厳な迫力を漲《みなぎ》らせ、息子の取りそうな行動を口にした。

「よくわかるな」

ウラジーミルが感心したように口元を緩めると、ボスは腹立たしそうに手を振った。

「お前は私にそっくりだ」

「似ていない」

ウラジーミルが憎々しげに言うと、パーベルとアレクサンドルは同時に苦い笑いを浮かべる。ボスは苦虫を嚙《か》み潰《つぶ》したような顔で言い放った。

「顔以外」

「あぁ、顔以外はよく似ている」

「ただ、あの時、パリから帰った後、私は先代に詫《わ》びた。お前は詫びの一言もない」

「昔話はいい。することとしようぜ」

ウラジーミルが壁にかけられていた紋章入りの剣を握ると、ボスは隠し持っていた紋章入りのナイフを構えた。

ロマノフの皇帝と皇太子が、猛吹雪のような怒気を漲らせて真正面から睨み合う。藤堂にしろパーベルにしろアレクサンドルにしろ、微動だにできない。

「……できるのは、お前しかいない」

イジオットの総師と次期総師最有力候補は、同時に同じ言葉を言った。そうして、双方、凶器を物凄《ものすご》い勢いで突き刺した。

シュッ、ズブリ、と不気味な音が続く。

血飛沫《ちしぶき》とともにパーベルの巨体が椅子から転がり落ちた。ドサッ、とまるで物のように。

パーベルの喉元《のどもと》と左胸に突き刺さるのは、紋章が刻まれた剣とナイフだ。

「……理由ぐらい聞きたまえ」

動じたのは、ほかでもない藤堂だけだ。アレクサンドルはゴミの確認でもするようにパーベルの死亡を確認する。

「理由を聞いている間にやられる」

ウラジーミルが連戦連勝の男の目で言うと、ボスはなんとも形容しがたい悲哀を帯びた声で続けた。

「こいつはそれだけの男だ」

奥の部屋にはパーベル配下の凄腕《すごうで》が待機している、とボスは暗に匂わせている。少しでも遅かったら、ボスとウラジーミルはパーベルの配下に殺されていたかもしれない。藤堂やアレクサンドルもまとめて。

「理由は部下から聞きだす」

ウラジーミルは尖《とが》った声で言いながら、装飾過多の扉を足で開けた。

パーベルの手足となって戦っていた長男や秘書、戦闘兵たちはいっせいに自分の頭をサイレンサー付きの拳銃《けんじゅう》で撃ち抜いた。拷問死を予想し、自ら命を絶ったのだ。

ほんの一瞬である。

藤堂には声を上げる間も止める間もなかった。ウラジーミルやボス、アレクサンドルは止める気もなかったようだ。

苦戦したわりに、呆気《あっけ》ない幕引きだった。

アレクサンドルが自分の部下を呼び、死体を運ばせる。それぞれ、鉄の意思で感情を抑え込んでいるような雰囲気だ。

「ウラジーミル、気づくのが遅かったな」

ボスは床に流れる血を眺めながらウラジーミルに声をかけた。一見、右腕に裏切られたというダメージは感じられない。

「ボスはすぐに気づいたのか？」

ウラジーミルが悔しそうに尋ねると、ボスは勝ち誇ったように微笑《ほほえ》んだ。

「私の知るパーベルなら、お前が立てこもるドイツの古城を襲撃する。私がお前に殺し屋軍団を送り込むのを止めたりはしない」

きっかけや経緯がどうであれ、嫡子のネステロフ城の爆破と脱出は宣戦布告だと思い込み、殺し屋軍団を差し向けるつもりだったようだ。今までのパーベルなら賛同していたに違いない。今回、ウラジーミルの見解は当たっていた。

「パーベル、俺にボスを殺させたかったんだろ。自分で手を下せば手っ取り早いのに」

パーベルの立場ならばボスを暗殺できた。信頼している配下に指示するだけで成功したはずだ。もっとも、暗殺後に危機感を抱いたのかもしれない。ボスを巧みに冥府《めいふ》に送っても、自身が危なくなるし、一筋縄ではいかない次期ボスが控えている。

先にウラジーミルを始末すれば、ボスに疑惑を抱かれるのは間違いない。ボスの炯眼《けいがん》を熟知しているから、パーベルは中途半端とも取れる手を取ったのだろう。双方の様子を見ながら。

「パーベルはイジオットを掌握したいから、お前に私を殺させたかったのだ。私の暗殺はどんなに上手《うま》く誤魔化してもバレる」

「藤堂が止めなければ、ボスを仕留めていた」

黒幕に気づいた時点で動け、とウラジーミルは言外で文句をつけている。

「お前は甘い」

「本当にそう思うか？」

「まだ、お前に私は殺せない」

「殺せる。試してみるか？」

ウラジーミルが拳銃を構えかけた瞬間、藤堂はその広い背中に手を伸ばした。ここで発砲したらすべて水の泡だ。

「殺す気があるなら、脅している間に殺せ」

ボスはウラジーミルと藤堂を交互に眺めながら声を立てて笑った。やはり、貫禄《かんろく》が違う。

「次があると思うな」

「次がないのはお前だ」

いったいどういうことだ、と藤堂は規格外の父と子のやりとりに圧倒されていた。

俺にわかるように日本語で言い合っているが、まったくわからない。すべての知識や経験を総動員しても、イジオットのボスと長男が理解できない。

知《し》らず識《し》らずのうちに、自身の父も思いだす。

……これも父親か？

こういう父と子もあるのか？

俺は父を殺したいとは思わなかった。

何度も死のうとしたが、死ねなかった理由は元紀《もとき》が泣いたからだ。

あてつけと言ってしまえばそれまでだが、自殺するなら父の前でしたいとも思った。

それも父からもらった身体《からだ》を灰にするように焼身自殺したかった。

元紀は気づいていた。

……が、あの父のことだから、俺が自殺して安心するかもしれない。

俺の口から真実が漏れることを一番案じていただろう。

生きているほうが父に復讐《ふくしゅう》できる。

復讐なのか?

生きていること自体が復讐なのか?

俺は父に復讐したかったのか?

それで俺は今まで生きてきたのか、と藤堂は予期せぬ人生を歩んでいる自分を振り返った。自分の手をさんざん汚し、父に対する怒りは消えていたはずなのに、新しい思いが込み上げてくる。

けれど、そんな場合ではない。

目の前ではロマノフの父と子が本性を剝《む》きだしにして言い合っている。いつしか、アレクサンドルの隣にはマクシムやイワンもいて、タブレットを操作しながらロシア語で話し合っていた。

「パーベルは私の血を引く孫を持って、変わってしまったようだ。息子たちの野心に引《ひ》き摺《ず》られたのだろう」

ボスはパーベルの愛娘《まなむすめ》に手を出し、息子を産ませている。外戚《がいせき》としてパーベル一族が実権を握る好機だ。挑むなら、ウラジーミルが頂点に立つ前である。

「処刑した元幹部が不満を漏らしていたらしい。あれだけ不満が出ていたから、何かがあるとは思った」

ウラジーミルは石牢《いしろう》から助けだした女性たちより仕入れた情報で思うところがあったようだ。今までパーベルが上手く控えめに統べていたからに違いない。

「パーベルと息子ふたりに権力が集中した。能力を認め、信じ、重用したらこうなる……足下を掬《すく》われた」

ボスがパーベルを信じ、息子たちも信頼していた。ただ、それによる弊害も熟知している。

「ボスのミスだ」

パーベルの娘に子供を産ませるから、とウラジーミルは厳しい顔つきで非難した。

「引き金がお前のウィーン駆け落ちだと思わないのか？」

ボスは長いつき合いのパーベルの心情を読み取ったかのようだ。ウィーン行きはウラジーミルのロマノフへの冒瀆《ぼうとく》にも取れる。パーベル一派の野心に火を点《つ》けても不思議ではない。

「自分のミスを俺になすりつけるな」

ない。


「お前の駆け落ちだ」

「ボスのミスだ」

「お前が東洋人の男に狂うとは思わなかった」

「ボスがこんなに愚かだと思わなかった」

ロマノフの父と子による実りのない言い争いに、藤堂は為《な》す術《すべ》もない。だが、今にもウラジーミルが拳銃を構えそうだから止めたい。それでも、口が挟めるような空気ではな
発砲しても殺さなければいいか、と藤堂が達観した考えに至った時、アレクサンドルの声が響いた。

「そろそろ、後始末」

アレクサンドルの声が合図になり、ウラジーミルとボスによる舌戦は終わった。見計らっていたかのように、ボス直参の戦闘兵たちが血に濡《ぬ》れた大きな箱を運んでくる。

……こんな時になんだ？

なんらかの証拠か、と藤堂は大きな箱の中に視線を落とす。

目の錯覚だと思った。箱に詰められていたのは、魂を持たない物品ではなくパーベルの次男だ。

「……っ」

パーベルの次男の姿に声を漏らしたのは藤堂だけだった。

ウラジーミルやボス、アレクサンドルにしても、身体のあちこちを不自然に折り曲げられ、大きな箱に収まっている元幹部に眉《まゆ》ひとつ動かさない。パーベルの次男の身に何がなされたのか、尋ねる者はひとりもいなかった。

ロシア語で報告され、ボスやウラジーミルたちは支配者の目で頷く。マクシム、イワンたちは無念そうに天を仰いだ。

おそらく、今回のパーベル一族の野望を次男から聞きだしたのだろう。死に損ねた次男坊には自白剤を使用された気配がある。

藤堂は通訳してほしくてマクシムに視線を流す。けれど、マクシムは煩悶《はんもん》に満ちた顔でゴブラン織《おり》のタペストリーを凝視した。

どうも、知らせたくないらしい。

ボスはほくそ笑み、ウラジーミルの仏頂面がひどくなり、アレクサンドルは肩を竦《すく》める。

「藤堂はサムライの楊貴妃《ようきひ》ではなく、トロイのヘレンかい？」

アレクサンドルに肩を叩《たた》かれ、藤堂は首を軽く振った。

「アレクサンドル、なんのことだかわかりません」

「箱の中の男が、パーベルの次男だと知っているね？」

「はい。ボスにもアレクサンドルにもオリガ夫人にも目をかけられていたと聞きました」

パーベルの長男にしろ、次男にしろ、父親を凌駕《りょうが》する器量の持ち主として評価は高かった。何より、ふたりとも総帥夫人のお気に入りだ。

「そうだ。ボスやウラジーミルが予想した通り、パーベルたちは身の丈以上の野心を抱いたようだ」

パーベルの次男は拷問により、一族の罪を明かしたらしい。ロマノフ父子の見解は的中した。

「パーベルがボスの血を引く孫を持って変わってしまったのでしょうか」

どんな時であれ、パーベルからイジオット総帥への尊敬を感じた。眞鍋組の顧問と舎弟頭や龍虎《りゅうこ》のように、固い絆《きずな》で結ばれていると思っていたのだ。藤堂は改めて自身の甘さを痛感する。

「パーベルより息子たちの暴走が大きかったらしい。ウラジーミルが藤堂と駆け落ちして、野心が爆発してしまったようだ」

「そうですか」

「パーベルがどんな気持ちでウィーンにウラジーミルと君を迎えに行ったのか……聞きたくもないけれど、聞きたかったたね」

ウィーン最古の教会でウラジーミルはパーベルの野心を煽《あお》った。あれは核心を突いていたのだろうか。

『俺のストックはいくらでもいる。セルゲイでも異母弟でもいい。なんなら、キサマでもいいだろう』

『おお、ウラジーミル、王冠を狙《ねら》うには歳《とし》を取りすぎた。もう少し若い時に煽ってほしかったね』

パーベルはいったいどんな気持ちで答えたのだろう。あの時、藤堂はなんの違和感も抱かず、功臣の鑑《かがみ》とさえ思ってしまった。パーベルならばイジオットの頂点に立つ力があると把握していたのに。

「パーベル自身、迷っていたのでは？」

本気でイジオットの玉座を狙っていたのならば、即座にボスとウラジーミルを暗殺するべきだった。普段の狡猾《こうかつ》な宰相ならばそうしたはずだ。

いくら暗殺後にふりかかる自身への非難を危惧《きぐ》して、相打ちを狙っていたとはいえ、あまりにも精彩を欠いた。

もっとも、だからこそ、ウラジーミルもボスも黒幕になかなか気づけなかったのだろう。

「パーベルもスタニスラフも迷っていたようだね」

スタニスラフの姉はパーベルの次男と結婚している。パーベルにとっては、身内に等しい。スタニスラフにとってもパーベル一族の栄華は自身の繁栄だ。共闘を持ちかけられたら拒むのは難しいだろう。

「スタニスラフの黒幕はパーベルですね？」

「さよう……パーベルはスタニスラフを藤堂で釣った」

一瞬、何を言われたのかわからず、藤堂は掠《かす》れた声で聞き返した。

「どういうことでしょうか？」

「ウラジーミルともども藤堂を始末する、とパーベルはスタニスラフに言ったそうだ。スタニスラフの要望は藤堂の身柄だった。どういう意味かわかるかね？」

わからないとは言わせない、というアレクサンドルの圧力が凄《すさ》まじい。それ以上に、ウラジーミルが漲らせる怒気が熾烈《しれつ》だ。

「スタニスラフと特に交流を持ったことはありません」

……まさか、あの沈着な切れ者が、と藤堂は手を左右に振った。そういった視線を感じたことは一度もない。

「スタニスラフにとって遅い初恋だったらしい。ウラジーミルといい、スタニスラフといい、遅い初恋は暴走するのかい？」

遅い初恋、という言葉に藤堂は溜《た》め息《いき》をついた。ウラジーミルが発散させる怒気がますますひどくなるから気をつけなければならない。

「……俺がスタニスラフの初恋相手だと？」

「パーベルはウラジーミルを裏切れば、藤堂をスタニスラフに渡すと約束した。結果、スタニスラフはパーベルの指示通り、ボスを死なないように狙撃したんだ」

スタニスラフの裏切りの報酬は金銭ではなく、冬将軍が初めて囲った愛人だった。遅い初恋を抑え込めなくなったらしい。

マクシムやイワンは背を向け合って、頭を抱え込んでいる。どうやら、側近たちは思い当たるフシがあったようだ。現代のラスプーチン、とマクシムが漏らしたが、呪《のろ》いの内容は初恋の成就だったのだろうか。

「スタニスラフが自白したのも、パーベルの指示ですね？」

藤堂は遅い初恋にはいっさい触れず、事務的な声音で尋ねた。このままスタニスラフの初恋話は流してしまいたい。

「スタニスラフが自白した時、私もパーベルの隣にいた。私が席を外した時、スタニスラフは自分の頭を撃ち抜いていた。自殺ではなく殺されたんだよ」

……おかしいと思ったんだ、とアレクサンドルはどこか遠い目でボソボソと続けた。不自然なスタニスラフの自死に引っかかっていたらしい。

「驚きました」

嘘偽《うそいつわ》りのない正直な気持ちだ。

「私も驚いた。さらに驚いたことに、パーベルの部下にもボスの部下にも私の部下にも、藤堂に魂を奪われた男がいるようだ」

アレクサンドルにまじまじと眺められ、藤堂は自分が幻の珍獣になったような気がした。

「物珍しいのでしょう」

「罪な男だね」

アレクサンドルがしみじみと言うや否や、ウラジーミルは胸腔《きょうこう》から炸裂《さくれつ》したような声を発した。

「アレクサンドル、もう黙《だま》れ」

「私の部下は単に藤堂を想《おも》っているだけだ。いくら可愛《かわい》い甥《おい》でも、始末したら許さないよ」

アレクサンドルは冬将軍の打つ手を予想し、きつい声音で牽制《けんせい》した。トントン、と威嚇するようにテーブルを指で突く。

「可愛い甥？　ボスの座が欲しいんだろう？」

ふっ、とウラジーミルは煽るように鼻で笑い飛ばす。

「私にそんな野心がないと知っているから、ボスはパリに連れてきたんだろう。イジオットを統べるストレスで禿《は》げたくない。二番手・三番手ぐらいがちょうどいいよ」

アレクサンドルは悲愴感《ひそうかん》を漲らせ、自身の頭部を守るように手で覆った。玉座への野心は根も葉もない噂《うわさ》に見える。

ボスの静かな迫力が柔らかくなった。

イジオットの頂点に立つ男と弟の間には、奇妙な信頼関係が築かれているようだ。内外に流れている噂とは違う。

ボスが鷹揚に顎《あご》を決る《しゃく》と、戦闘兵たちはパーベルの次男が詰められた箱を運び出す。長椅子に座り直してから過去に言及した。

「私はパリに一緒に逃亡した相手に裏切られた」

「そうだな」

「お前と違って駆け落ち相手ではなかったが、お前はどうかな」

ボスのこれみよがしな視線は、ウラジーミルの相手である藤堂だ。まるで裏切りを予測しているかのような。

「藤堂が裏切ると？」

「藤堂を信じているのか？」

父に揶揄《やゆ》されるように言われたが、息子は鋭い目で撥《は》ねつけた。

「ボスみたいなミスはしない」

ボスが喉《のど》の奥だけで笑うと、ウラジーミルは魔王のような形相で怒鳴りながら飾り花瓶を蹴《け》った。

「藤堂に手を出すな」

「自分の弱点を晒《さら》すとは甘い」

「話は終わりだな」

帰る、とウラジーミルは藤堂の手を引いたが、肝心の話はまだ終わっていない。マクシムやイワンが扉の前に立ち、ウラジーミルに無言で促した。

今回の処理について、イジオット総帥の決断を待つ。

「当分の間、パーベルの死も裏切りも伏せる」

ボスは悩みもしないし、相談もせずに決めた。

パーベルの裏切りを白日の下に晒せば、イジオットが崩壊しかねない。関係者の処罰に踏み切れば、大惨事を引き起こすことは目に見えていた。それこそ、パーベルの残党は敵対するロシアン・マフィアに逃げ込むだろう。

「あぁ」

ウラジーミルが同意するように頷くと、アレクサンドルも相槌《あいづち》を打った。

「タイミングを見て、パーベルは息子たちと一緒に事故死したと発表する」

ボスは右腕に裏切られても、理性を失ったりしない。復讐心も燃やさず、イジオット存続のための処理をする。

いっさい私情を交えない総帥に、藤堂は驚嘆の眼差《まなざ》しを向けた。アレクサンドルも敬愛するように相槌を打っている。

しかし、一番色濃く血を受け継ぐ嫡子は素っ気ない。

「妥当だ」

「スタニスラフの裏切りは、スタニスラフ単独だ。関係者はいっさい罪に問わない」

「あぁ」

「ウラジーミル、ネステロフ城に戻れ」

「いやだ」

皇帝の帰還命令を皇太子は躊躇《ためら》わずに拒んだ。依然として、臍《へそ》は曲がったままだ。

「十日後、戻れ」

「断る」

「私の後継者はお前のままだ」

ウラジーミルに対し、なんの処罰も加えないと言外で語っている。玉座は最も反発している長男に譲るつもりだ。

「わかっている」

ウラジーミルが渋面で頷くと、ボスは藤堂に視線を流した。

「藤堂、一月以内に、ウラジーミルをネステロフ城に連れてこい」

「俺にそんな力が……」

藤堂の返事を待たず、ボスは立ち上がった。そのまま別れの挨拶もせず、奥の扉の向こう側に消えてしまう。アレクサンドルもしたり顔で続いた。

幕引き舞台に残されたのは、藤堂を含むウラジーミル関係者だけだ。マクシムやイワンはそれぞれ髪の毛を掻《か》き毟《むし》っていた。

「……あいつ」

ウラジーミルは極寒の地獄から響いてきたような声を漏らす。実父に対する鬱憤《うっぷん》混じりの感情が破裂しそうだ。

「ウラジーミル、落ち着きたまえ」

「長居は無用」

ウラジーミルは忌々しそうに吐き捨てると、藤堂の肩を抱いた。そのまま戦場と化した部屋を後にする。

ふたりとも一度も振り返らなかった。


いつしか、芸術の都が夜の帳《とばり》に包まれていた。それでも、明かりは消えないし、行き交う人々も途切れない。

どれだけウラジーミルが激昂《げきこう》しているか、藤堂にはいやでも伝わってくる。宥《なだ》めるように声をかけた。

「ウラジーミル、当分の間、静観したまえ」

「おい」

「ボスがどんな手を打っても、イジオットは揺れる」

ボスが決戦場をパリに選んだ理由は明らかだ。パーベルに対する気持ちとイジオットのため。

「あぁ」

「今、君が暴れたらイジオットは崩れかねない」

ロマノフの皇太子はイジオットを敵に回しては生きていけない。だが、イジオットが滅亡しても身辺は危うい。ネステロフ城に滞在し、改めて痛感した。

「あぁ」

「イジオットを滅亡させてはいけない」

「何故？」

「イジオットのボスになりたまえ」

初めて会った時、十七歳の後継者は助ける価値がないと判断されていた。あの屈辱を乗り越えるため、イジオットの玉座についたほうがいい。

そうすれば自分に対する執着心も消えるはずだ、と藤堂は漠然と考えた。ウラジーミルが過去に囚《とら》われているとしか思えないから。

「前にも言ったな」

「君も宣言した」

「あぁ」

「君はトップに立たなければ生きていけない」

ウラジーミルはイジオットの王冠を被《かぶ》って、この世に生を受けた。ロシア興亡史を紐解《ひもと》くまでもなく、玉座に座らなければ、玉座に座った者から狙われる。

王冠を欲する者にとって、ウラジーミルの存在は脅威だ。

「お前、俺をイジオットのボスにしたいのか」

「そうだ」

「俺がイジオットのボスになれば、お前を手放すとでも思っているのか？」

ウラジーミルは直情型かと思えば、藤堂の心理を的確に読む。

「……いや」

「俺がボスになるまで何人、残っていると思う？」

ウラジーミルの周りから信頼できる部下が消えた。マクシムやイワンも裏切る日があるのだろうか。

ウラジーミルはなんのダメージも受けていないように見えたが、肺腑を抉られたままなのかもしれない。自分への裏切りだけでなく、パーベルの裏切りも小さくはなかったはずだ。

「さぁ？」

「いつか、お前も俺を裏切るのか？」

ウラジーミルの表情はいつもと変わらないが、鋭い双眸《そうぼう》は哀惜を帯びている。初めて会った時、冬将軍を覚醒《かくせい》させた時を連想させた。

「信じられないなら、今のうちに処分したまえ」

裏切られ続けている男を裏切りたくなかった。

これからも裏切りたくない。

裏切る前に消されるならいい、と藤堂は心底から切々と思った。自分自身、不思議でならない。

「裏切ってもいいが、生涯、俺のものだ」

ウラジーミルに真摯《しんし》な目で貫かれ、藤堂は息を呑《の》んだ。孤独な皇太子の深淵《しんえん》から迸《ほとばし》る想いが痛い。

「残念ながら裏切る自信がない」

俺は何を言っている、と藤堂は内心で焦った。

口にするつもりはなかったのに、パリに引き摺られるように本心が口から飛びだしていたのだ。

ウラジーミルも同調したらしく、初恋に夢中になっている一途《いちず》な青年の目で言った。

「愛している」

「言うな」

「お前も俺と同じ気持ちだろう」

いつでも逃げるチャンスはあった、俺を殺すチャンスもあった、とウラジーミルは心魂から発している。

「言ってはいけない」

パリに裏切りは似合う。

涙も後悔も似合う。

恋も似合うから困る。

元紀、どうしたらいい?

俺といるのに誰のことを考えている、というものウラジーミルの叱責《しっせき》はない。代わりに唇が近づいてきた。

拒めるわけがない、と藤堂は目を閉じて、唇から氷のように冷たくて熱い激情を受け入れた。

口付けで冬将軍を慰められたらいい。

あとがき

講談社X文庫様では五十五度目ざます。魔性の男と冬将軍のカーテンコールをいただいた樹生《きふ》かなめざます。

ありがとうございます。

すべて読者様の応援のおかげざます……が、この復活変則型ロマノフジェンヌ話は許されるのでしょうか？

前作の氷川《ひかわ》と愉快な仲間たちの後遺症物語と同じくさんざん悩みましたが、本作も魔性の男の愉快な仲間たちが勝手に騒ぎだしました。それも冬将軍を筆頭に派手に暴れます。どんなに宥《なだ》めようとしても宥められず、白クマの呼吸・参《さん》の型・酔いどれの舞いを炸裂され、従順に従いました。

ロシアは知れば知るほど、謎が深まり、胃腸だけでなく脳内までボルシチやピロシキでいっぱいになっても理解できません。一晩でウオッカを五本、飲み干すことができるようになっても無理でしょう。ロシアのすべてがペリメニの皮に包まれているような気がしないでもありません。

執筆中、ロシア料理にチャレンジするため、レシピや食材を集めましたが、無残な結果に終わり、ロシア料理店のお世話になりました。慣れないことはしないほうがいい、と改めてしみじみと噛み締めた執筆期間でしたとも。

……で、意外に美味しいロシア料理ざます。

想像以上にコサックダンスは楽しいざます。

担当様、ここはひとつ是非、一緒にロシアンカフェを……ではなく、いろいろとありがとうございました。

奈良千春《ならちはる》様、ここはひとつ是非、一緒にロシアンカフェをオープンしましょう……ではなく、今回も癖のありすぎる話でごめんなさい。頭が上がりません。

読んでくださった方、感謝の嵐です。

再会できますように。

ロシア料理ブーム中の樹生かなめ

『裏切《うらぎ》りはパリで　龍《りゅう》の宿敵《しゅくてき》、華《はな》の嵐《あらし》』、いかがでしたか？
樹生《きふ》かなめ先生、イラストの奈良千春《ならちはる》先生への、みなさまのお便りをお待ちしております。

樹生かなめ先生のファンレターのあて先
〒112-8001　東京都文京区音羽2-12-21　講談社　講談社文庫出版部「樹生かなめ先生」係

奈良千春先生のファンレターのあて先
〒112-8001　東京都文京区音羽2-12-21　講談社　講談社文庫出版部「奈良千春先生」係

N.D.C.913　234p　15cm

樹生かなめ（きふ・かなめ）
血液型は菱型。星座はオリオン座。自分でもどうしてこんなに迷うのかわからない、方向音痴ざます。自分でもどうしてこんなに壊すのかわからない、機械音痴ざます。自分でもどうしてこんなに音感がないのかわからない、音痴ざます。でも、しぶとく生きています。
オフィシャルサイト・ＲＯＳＥ13
http://kanamekifu.in.coocan.jp/

講談社X文庫
KODANSHA

white heart

裏切《うらぎ》りはパリで　龍《りゅう》の宿敵《しゅくてき》、華《はな》の嵐《あらし》

樹生《きふ》かなめ

●

2021年8月3日　第1刷発行

定価はカバーに表示してあります。

発行者——鈴木章一
発行所——株式会社 講談社
東京都文京区音羽2-12-21 〒112-8001
電話 編集 03-5395-3510
販売 03-5395-5817
業務 03-5395-3615
本文印刷—豊国印刷株式会社
製本——株式会社国宝社
カバー印刷—半七写真印刷工業株式会社
本文データ制作—講談社デジタル製作
デザイン—山口　馨

ISBN978-4-06-524234-6